HISTOIRE
D'UN LIVRE

PAR

MARY LAFON.

PARIS,
PARMANTIER, LIBRAIRE,
PASSAGE DELORME.
1857

HISTOIRE

D'UN LIVRE.

Paris. — Typographie de Firmin Didot frères, fils et Comp^{e},
rue Jacob, 56.

HISTOIRE D'UN LIVRE

PAR

MARY LAFON.

PARIS,
PARMANTIER, LIBRAIRE,
PASSAGE DELORME.
1857

AUX ÉCRIVAINS.

Mes chers confrères,

Bien que la république des lettres ressemble un peu à celle des loups ; qu'elle ait, comme ses sœurs aînées, des autels dédiés à l'envie, à l'injustice, à la haine, et même, dans quelque recoin, le bois noir des Furies ; quoique nous n'ayons pu encore achever dans sa capitale le temple de la Fraternité qui n'est, il est vrai, commencé que depuis trois mille ans, je suis heureux toutes les fois qu'il m'est permis d'apporter une petite pierre à cet édifice imparfait. C'est la manie du fou de la Cité. Au temps où les vaches paissaient dans les îles de Seine, sur la pointe que domine la basilique, un homme, privé de raison, venait tous les ans à jour fixe porter un caillou ; et quand on lui demandait ce qu'il voulait en faire : « C'est, » répondait-il simplement, « pour bâtir Notre-Dame. » Jugez si nos aïeux riaient ! Peu à peu cependant la persistance du fou éveilla l'attention des sages ; ils réfléchirent, trouvèrent l'idée bonne, et Notre-Dame fut bâtie.

Je ne sais si j'aurai le même bonheur ; mais, je l'avoue, dans une sphère différente, j'ai la même ambition. A force de réfléchir sur la condition de l'homme de lettres, en ce siècle de fer pour lui, et d'or pour presque tout le monde, il m'a paru que la société le traite avec peu de justice, parce qu'elle ne le connaît pas, et que dès lors c'est un devoir pour chacun de nous de mettre en pleine lumière sa valeur réelle et ses mérites.

Une époque, liée comme la nôtre aux cornes du veau des Hébreux, n'estime que ce qui produit, ce qui fait crier la scie, retentir le marteau, gronder et siffler la vapeur : il faut donc lui montrer, pour repousser même à ses yeux le reproche d'inutilité adressé à notre profession, qu'un homme de lettres est plus utile, au point de vue industriel, que le maître de forges, l'agent de change, le manufacturier et le capitaliste ; c'est ce que j'ai cherché à prouver dans cet opuscule.

Cette vérité établie, d'autres prouveront autre chose ; de plus hardis oseront revendiquer les droits de l'intelligence ; de plus habiles iront peut-être jusqu'à démontrer victorieusement que l'homme qui fait un beau livre rend un plus grand service à la patrie qu'un homme qui engraisse un bœuf, et qu'il a autant de droits aux distinctions honorifiques que le maire de son village.

Qui sait enfin si, en marchant de plus en plus audacieusement dans cette voie nouvelle, on ne finira pas par obtenir que l'esprit, le savoir et le talent prennent part au gouvernement des choses de ce monde? Cet honneur leur est accordé depuis bien des milliers d'années en Chine... Comme tout est possible ou le devient sur notre sol, espérons que, dans quelques siècles, il en sera de même en France.

HISTOIRE

D'UN LIVRE.

I

Le conseil de famille. — Un maître de forges, un banquier, un actionnaire des mines, un capitaliste, un propriétaire, un agriculteur et un homme de lettres. — Le choix d'un état. — « Je veux être auteur! » — Explosion. — Préjugés vulgaires. — A quoi sert un auteur. — Démonstration. — Les préparatifs d'un livre. — Ce qu'ils coûtent. — Les pionniers de la pensée. — La gestation et l'éclosion. — L'éditeur. — Les quatre usines en mouvement.

Le 1er novembre de l'an dernier, toute la partie masculine de la famille Duval était réunie gravement dans un vieux château de l'Ariége, devant une de ces cheminées à grand cintre qu'on ne rencontre plus qu'en province.

Le père du propriétaire, Jean Duval, ancien procureur à Foix, avait jadis acheté le manoir aux encans forcés de 1793, et, comme c'était un homme rangé et madré, il put laisser en mourant une large aisance à chacun de ses six enfants. Ceux-ci, chassant de race, transformèrent avec le temps l'aisance primitive en fortune, et s'arrondirent si bien que la seconde République les trouva tous les six en possession de la même richesse dont la première avait doté leur père.

L'un était maître de forges, l'autre banquier, le troisième actionnaire des meilleures mines de l'Ariége, le quatrième grand propriétaire de forêts, le plus jeune capitaliste, et celui qui possédait le château, et chez lequel j'avais été invité à titre d'ami, marchait à la tête des agriculteurs du département, quoiqu'il ne fît partie, bien entendu, d'aucune académie agricole.

Ce n'était pas, au reste, sans dessein qu'on m'avait admis, moi profane, dans le *sanctum sanctorum*, magnifiquement blasonné, de Jean Duval. On allait tenir, dans cette salle d'armes des anciens preux, une sorte de conseil de famille, et un siége m'y avait été réservé en considération de l'amitié dont m'honoraient le célèbre agriculteur et son fils, jeune Ariégeois de la plus belle espérance.

Hâtons-nous de dire que l'ordre du jour roulait exclusivement sur ce dernier. Il s'agissait du choix d'un état, et le bon homme n'avait pas cru trop faire en s'entourant pour cette délibération capitale de toutes les lumières de la famille Duval.

L'objet de la réunion par lui exposé d'une voix ferme, l'actionnaire de mines toussa, puisa deux prises de tabac coup sur coup dans sa large boîte d'or, et dit lentement :

— Le jeune homme a eu des succès dans ses classes ; il a remporté le premier prix de dissertation latine et de thème grec ; je propose d'en faire un ingénieur.

— Un ingénieur ! Alfred ! vous n'y pensez pas, frère, reprit vivement le maître de forges ; il faut qu'il soit avocat, pour apprendre à parler et pouvoir faire son chemin au Corps législatif... en défendant...

— Nos droits ? interrompis-je, émerveillé d'un tel civisme...

— Nos fers, Monsieur, nos fers! qu'on sacrifie de plus en plus à l'étranger.

— Mon frère est bien le maître à coup sûr, il est parfaitement le maître de choisir cette carrière pour son fils ; mais à sa place, dit le propriétaire de forêts, je me garderais bien de courir après le brillant pour perdre le solide.

— Et qu'en ferais-tu ? dit le bon Duval, qui commençait à ne savoir auquel entendre.

— Un marchand de bois.

— Pour vendre ses bûches ? murmura d'un air railleur le banquier. Fais-en un agent de change.

— Si tu as le sens commun, lui soufflait à l'oreille le capitaliste, il faut qu'il soit notaire.

— Qu'en dites-vous, Monsieur ? balbutia le père tout étourdi, en se tournant de mon côté.

— Vous me faites l'honneur de me consulter ? demandai-je.

— Positivement.

— Eh bien ! dis-je, il me semble plus naturel que vous adressiez d'abord cette question à votre fils.

— C'est juste. Alfred, continua Duval en interpellant le jeune homme, qui, perdu dans la contemplation d'un pastel de l'autre siècle, me paraissait à cent lieues du débat; écoute, Alfred. Nous parlons du choix d'un état! Quel est celui que tu préfères, mon ami?

Alfred regardait son père, mais il ne répondait pas.

— Veux-tu être ingénieur? dit M. Duval.

— Non, mon père.

— Avocat?... — Non. — Marchand de bois?... — Non plus. — Agent de change ou notaire?... — Pas davantage. — Quoi! aurais-tu choisi toi-même?... — Il est vrai, mon père. — Et tu veux être?... — Auteur.

Le mont Perdu s'écroulant dans les vallées pyrénéennes, avec sa masse immense de neige et ses blocs antédiluviens, ne produirait pas un effet plus terrible, une stupéfaction, un effroi comparable à ce mot fatal. Le père baissait la tête, sans force et sans parole; les cinq oncles étaient médusés.

— Auteur! finit par répéter, d'une voix étranglée, le vieux Duval; auteur! Et ses yeux suppliants semblaient demander grâce à chacun de ses frères toutes les fois que cette expression maudite brûlait ses lèvres.

— Oui, mon père!

— Mais, malheureux! s'écrièrent tout à coup les cinq oncles, recouvrant la parole en même temps dans l'excès de leur indignation, tu veux donc nous déshonorer!

— La profession d'écrivain, dit le jeune homme d'un ton calme, me paraît au contraire la plus honorable de toutes.

— Métier de fainéant! cria aigrement le maître de forges.

— De fou! jeta avec colère le propriétaire de forêts.

— De dupe! observa le capitaliste.

— De sot! murmura l'actionnaire de mines.

— Et de gibier d'hôpital! ajouta le banquier, en manière de péroraison.

— Encore, disait le vieux Duval, foudroyé par ce dernier coup, encore si un auteur n'était pas inutile à tout le monde; si ses rêves ne s'évaporaient pas dans les airs, comme les brouillards de mes guérêts, laissant après eux le vide dans les esprits, comme les brouillards laissent le hâle dans mon blé! Je ne suis que le plus humble et le plus inconnu des agriculteurs de l'Ariége, et dix familles cependant bénissent tous les jours mon nom et la sainte résolution que je pris de quitter Foix pour la campagne et le comptoir pour la charrue, pour cette terre qui les fait vivre. Auras-tu cette douce satisfaction? Pourras-tu te dire, mon fils, si tu deviens auteur : Aujourd'hui mon travail a été fécond; j'ai assuré, en prenant la plume, le pain de dix familles ?...

Je sentis le besoin de venir au secours du jeune homme, muet devant l'argument, et je dis au bon M. Duval :

— Si vous n'avez que cette objection à faire au projet de votre fils, je me charge de vous prouver qu'un auteur est aussi utile à la société qu'un agriculteur ou un maître de forges; qu'il remue, dans l'intérêt général, plus de capitaux qu'un banquier dans l'intérêt de sa fortune; enfin, que vos cinq frères, qui viennent de conseiller à leur neveu chacun un état différent, selon ses vues particulières, n'ont qu'à gagner à ce qu'il embrasse la noble profession d'auteur.

On devine l'orage soulevé par ma proposition. Pendant cinq minutes on n'eût pu entendre tonner; les rires et les cris s'apaisèrent enfin, et l'indignation des cinq frères éclata par ce défi railleur :

— Prouvez cela, et non-seulement nous consentons à la folie d'Alfred, mais nous lui payerons royalement la première année d'apprentissage.

— Eh bien! Messieurs, marché conclu, répondis-je en rassurant le néophyte du regard.

— Et quand vous proposez-vous d'aborder cette tâche impossible?

— Quand nous aurons goûté ce punch, dont la flamme illumine vos visages d'un reflet si étrange.

Le jeune homme emplit jusqu'aux bords des verres grands comme des coupes de vieux Sèvres, et lorsque nous eûmes bu, en vrais

Méridionaux, à la gloire de nos pères! et qu'on n'entendit plus que le pétillement du frêne dans la cheminée antique et les rafales mêlées de pluie qui ébranlaient les contrevents, je pris la parole en ces termes :

Pour donner la preuve que vous attendez, un Allemand, fidèle aux règles des Universités, vous débiterait une thèse longue comme un in-folio, car ces bonnes gens d'outre-Rhin ne peuvent rien faire sans pousser des bouffées de science autour de leur esprit, aussi épaisses que les nuages de fumée qui sortent de leur pipe; un Italien écrirait longuement quelque dissertation latine; un Anglais, le rapport ou le speach d'usage, et, si vous n'étiez convaincus, vous seriez mortellement ennuyés. Pour moi, procédant à la vieille et bonne mode française, je vais prendre un autre chemin, et, pour démontrer une vérité que vous croyez un paradoxe, je vais vous conter l'HISTOIRE D'UN LIVRE.

Figurez-vous d'abord que je suis le Diable boiteux, et que, perchés à mes côtés sur la plus haute des tourelles de ce manoir, vous regardez dans la campagne, et pouvez embrasser cet espace immense qui s'étend entre les bords de l'Océan et de la Méditerranée. Voilà un jeune homme qui gravit péniblement les montagnes rocheuses du Quercy, un livre à la main, des papiers sous le bras; il examine avec attention un plateau de forme conique, isolé sur la rive droite de la Dordogne. A sa voix, des paysans, armés de pioches, s'avancent, creusent une tranchée, et font bientôt jaillir, parmi des débris calcaires, des fragments de poteries antiques et des médailles où brille le nom de César. Ce travail, continué avec ardeur depuis quelques jours, semble couronné de succès, et le jeune homme, payant grassement les pionniers, va s'embarquer un peu plus bas, au pied des ruines de Mirandol, vieux nid de routiers au moyen âge, pour explorer les deux rives de la Dordogne, si riches de souvenirs historiques. Ce jeune homme, comme vous l'avez deviné déjà, est un futur écrivain; il veut faire un livre, et, rien que pour en préparer la première page, il vient de mettre en mouvement une soixantaine de bras, et de laisser de l'argent dans une vingtaine de stations. Mais suivez-le sur cette barque frétée pour lui seul, et qui l'emporte avec tant de rapidité. Après avoir donné au batelier, pauvre pêcheur, pour le labeur d'un jour, le double de ce qu'il eût gagné dans une semaine, le jeune homme prend terre du côté de Rocamadour; il lui faut des chevaux et un guide, car il a besoin de visiter le gothique oratoire où se rendaient, au treizième siècle, les foules pieuses de pèlerins.

Au pied des deux cents marches de pierre qui mènent à l'église taillée dans le roc et à la fabuleuse épée de Roland, un guide nouveau est nécessaire. Puis la main de l'écrivain s'ouvre cinq ou six fois pour acheter de ces reliques rouillées d'un autre âge, sans lesquelles on ne peut peindre au naturel les mœurs des vieux temps. L'oratoire visité, il repart, malgré la nuit et d'abominables chemins, précédé par un vieillard qui se traîne avec peine, et suivi d'une demi-douzaine de paysans portant des pics et des torches. Il s'agit de fouiller un dolmen célèbre et de déterrer quelques-unes de ces haches en silex qui servaient de casse-tête à nos aïeux. A cette recherche en succède une autre non moins utile et plus facile. Dans ce château à demi habillé de lierre, que les siècles noircissent, mais n'ébranlent pas, remarquez cette joie soudaine qui rayonne au front du chercheur; il a découvert deux manuscrits inestimables : l'un, où l'écriture cursive se traîne et se tord sur le vélin comme un serpent, contient la charte communale d'une cité; l'autre, dont les vignettes d'or et d'azur attirent l'œil et le caressent, garde dans ses pages brillantes les derniers chants des troubadours. De l'or est donné en échange de ces feuillets antiques, et demain l'armurier et la marchande de modes, qui ne connaissaient pas la route du château, y porteront, celui-ci ses fusils, celle-là ses chapeaux, par cela seul que ce jeune homme travaille à faire un livre.

Jetez encore les yeux sur mon voyageur, au moment où il quitte les derniers mamelons du haut Quercy pour les plaines de l'Agenais. Les deux seules personnes qu'il ait encore rencontrées semblent devoir, en apparence, être bien désintéressées dans la question du livre ; l'une, en effet, est une paysanne qui ne sait pas lire, et qui, accroupie derrière un saule, file, les pieds dans la rosée, au lever du soleil ; et l'autre, un colporteur campagnard, à figure rusée et à voix traînante, occupé à tenter la pauvre fille en étalant, avec affectation, des rubans de fil de toutes couleurs et des aiguilles. Eh bien ! le livre toutefois ne se fera probablement pas sans le concours de ces deux personnes ; car la femme élève des oies dont les plumes sont attendues avec impatience par les marchands du Gers, et le colporteur est un de ces *peillerots* ou chiffonniers de campagne qui fournissent de matières premières les papeteries les plus renommées d'Angoulême.

Ce n'est pas tout. Si vous enlevez par la pensée ces voûtes poudreuses sous lesquelles un digne vieillard, appelé archiviste, garde dans chacune de nos cités méridionales les titres du passé, vous allez voir, au milieu d'un amas de cartons, de registres à moitié rongés par les rats, de parchemins jaunis, moisis ou déchirés, des copistes attentifs et silencieux, qui travaillent pour le futur auteur du livre. Retournez-vous vers la Garonne, où le bateau à vapeur souffle en grondant ses longues spirales de fumée, vers les aubiers argentés du Rhône, du côté de ce canal si frais et si pur, entre sa double bordure de joncs et de peupliers, et vous apercevrez tour à tour, sur les Éclairs de la compagnie bordelaise, sous la tente des gracieux paquebots de Lyon, à la poupe de la barque de poste, l'écrivain voyageur semant l'argent pour recueillir des impressions vraies et glaner les matériaux de sôn livre. Il occupe successivement le pauvre échassier des Landes, qui s'enfonce avec lui dans ces steppes de sable ombragés de pins, pour lui montrer la place du village disparu, l'étang d'où sortent les tintements de la cloche merveilleuse, la forêt de liéges hantée par les sorciers; puis le montagnard pyrénéen, si fier, en agitant son berret blanc, de le conduire aux tourelles de Gaston Phœbus, à la source des gaves ensanglantés par les coups de lance d'autrefois, à la croix sainte de l'ermitage de Betharram; et le pâtre des Cévennes qui s'enfonce avec tant de plaisir dans ses garigues sauvages et ses grands bois de châtaigniers, quand il s'agit de décrire, dans le patois énergique du Gard, les exploits de Jean Cavalier ou le supplice des martyrs du désert. Mon auteur emploie en outre, moyennant salaire, les gardiens de ces amphithéâtres qui perpétuent encore sur notre sol les traditions de la grandeur romaine et ceux des monuments religieux ; il fait courir les gitanos, conservateurs libres des ruines: il fait ramer les pêcheurs provençaux sous les murailles du château d'If ou les rochers du fort Lamalgue; il fait conter aux vieillards de Saint-Émilion ou de Bordeaux les chroniques des carrières et la mort courageuse de Barbaroux, et chaque pas du bohémien, chaque coup de rame du batelier, chaque narration de l'habitant de la Gironde lui coûte de l'argent.

Et je n'ai pas parlé du dénicheur de vieux

bouquins, à la redingote râpée, aux yeux larmoyants, au nez rouge, qui a couru jour et nuit, pendant ce temps-là, par monts et par vaux, pour retrouver les factums, les mémoires, les dissertations historiques ou satiriques des siècles passés ; ni de l'instituteur primaire, dont les soirées furent utilement remplies par la transcription de tous les passages importants des registres communaux ; ni du pauvre arpenteur employé à lever les plans des localités célèbres, des plaines, comme celles de Castillon ou de Coutras, qu'ensanglantèrent des batailles ; ni du jeune artiste consacrant, pour la première fois, son crayon à reproduire les châteaux détruits, les édifices défigurés par le temps, où se jouèrent les grandes scènes de l'histoire. Que de pionniers précurseurs, que d'ouvriers attachés à ce premier travail ! Et cependant rien n'est fait encore, et le livre dort dans la tête et les cartons de l'auteur, et tout ce qui a été recueilli n'est qu'un amas informe et confus de matériaux qu'il s'agit maintenant de mettre en œuvre.

Par ce tableau, dont je garantis l'exactitude, et qui ne retrace qu'une partie des sacrifices préliminaires exigés par l'histoire du *Midi de la France* (car le jeune auteur que je viens de vous montrer dans ce lointain fantastique, c'est moi-même, à vingt-quatre ans, et toute la fiction s'est bornée à renfermer dans un laps de temps de six minutes un travail préparatoire de six années), vous pouvez commencer à concevoir l'idée de l'importance d'un livre au point de vue industriel. Passons à présent sous silence les trois ou quatre ans qu'il faut pour l'écrire. Ne comptons pour rien ces jours longs et ternes si tristement perdus dans la solitude du cabinet; ces allées et venues dans les bibliothèques, d'où l'on sort à moitié asphyxié par l'air corrompu qu'on y boit; ces nuits d'angoisses, d'efforts ardents, de lutte obstinée et cruelle contre la fatigue et la douleur. Supposons que le livre est fait, et que, le cerveau et le cœur délivrés de ce poids immense qui les écrasait depuis dix ans, l'auteur respire enfin avec le bonheur de Gibbon, quand il eut tracé à minuit les dernières lignes de son grand ouvrage, et qu'il passa sur le balcon de sa villa, d'où le lac de Genève lui parut si beau et le clair de lune si magnifique. Entré dans la seconde phase de son histoire, le livre n'existe pas encore; ce n'est qu'un manuscrit qui ne peut sortir des ténèbres sans qu'un éditeur lui dise : *Fiat lux!* Ce dieu des auteurs va venir; mais, avant qu'il prononce les paroles sacramentelles, nous avons le temps de visiter quatre usines qui sont déjà en mouvement pour transformer le manuscrit.

II

La papeterie. — Chiffons et chiffonniers. — 72 millions de kilogrammes. — Leurs transformations. — La fonderie de caractères. — Leur fabrication. — L'encre d'imprimerie. — Les presses. — Le métier d'auteur se relève. — Le magicien en habit noir. — Rudes épreuves — Anecdotes. Samuel Johnson. — Feu Ambroise Dupont. — Les éditeurs il y a vingt ans. — Une vengeance d'auteur surnuméraire.

Voici d'abord la papeterie. Dès les premiers pas nous sommes arrêtés par un tas impur de ces chiffons que les Diogènes nocturnes de Paris et les chiffonniers des campagnes ont ramassés au coin des rues ou échangés contre des rubans de fil, au seuil des métairies. Cette industrie n'est pas celle qui occupe le moins de bras, car elle consomme, année commune, soixante-douze millions de kilogrammes de chiffons. Ceux que nous venons de voir sont livrés en premier lieu aux délisseuses, qui font le choix et les coupent sur la lame de faux de l'établi. Ils passent ensuite sous les ciseaux des grilleuses, chargées d'enlever les ourlets, les boutons et les agrafes, et tombent de la grille dans le diable, qui, dans sa rapide évolution de cent cinquante à deux cents tours par minute, en ôte la première couche de poussière. Une fois blutés, on les jette dans un cuvier rempli d'eau froide, où une colonne de vapeur les foule et délivre le ligneux des matières étrangères. A cette lessive à vapeur en succède une seconde qui achève de les purifier; et, après ces deux opérations, le gouverneur ou chef de la batterie s'empresse de les mettre sous le rouleau de la pile. Là ils sont réduits en une sorte de pâte qu'on appelle défilé; ce défilé, blanchi avec soin au gaz, est repris par la pile raffineuse, trituré, et reçoit les diverses couleurs que veut lui donner le fabricant. Suivez maintenant cette pâte ainsi préparée, encollée et azurée, dans les deux compartiments où la mêlent les agitateurs, sur le tamis épuratoire, dans les coulisses de la caisse, et voyez-la se répandre sur la toile métallique, dite forme ou table de fabrication, entraînée sous des rouleaux de feutre, de fonte et de cuivre, qui la pressent, la foulent, la tendent, la sèchent et l'enroulent sur un dévidoir, où elle se trouve changée en papier, qui est immédiatement divisé et coupé, selon les besoins du format, sur la table à rainures.

Il s'agit maintenant de transporter ce papier dans la salle d'apprêt et de l'y éplucher, c'est-à-dire d'enlever, à l'aide d'un grattoir, les boutons de pâte qui ont échappé à l'épurateur. D'autres mains l'échangent, ou, en d'autres termes, établissent l'uniformité que le grain du papier doit offrir à l'œil, en changeant les feuilles. Il est remis ensuite aux pressiers, qui le disposent par poignées de cinq cents à mille feuilles, entre des plateaux de bois. Il ne reste plus, après cette dernière opération, qu'à former les rames et l'envoyer à l'imprimeur.

— Je n'aurais jamais cru, s'écria le maître de forges, que l'impression d'un livre causât un tel remue-ménage !

— Ce n'est rien, répondis-je en regardant l'écrivain futur du coin de l'œil ; nous n'avons encore que le papier, à la fabrication duquel le commerce et la marine concourent même indirectement ; car je ne vous ai parlé ni du bleu de Prusse et du cobalt qu'il faut pour l'azurer, ni du chromate de plomb, des bois de Sainte-Marthe et de Campêche, de l'alun et du sel d'étain, indispensables pour le teindre en vert, en jaune, en rouge et en rose ; toutes couleurs dont nous ne pouvons nous passer pour nos couvertures. Il faut entrer dans la seconde usine et voir fondre les caractères.

Je suppose que l'un de vos frères nous a fourni les matières premières, c'est-à-dire le plomb et le cuivre. Admettez également qu'un Didot a taillé sur l'acier les poinçons en relief, représentant les vingt-quatre lettres de l'alphabet, et que ces poinçons, enfoncés dans un carré d'argent ou de cuivre, ont constitué les matrices ou moules de la lettre en creux.

Nous entrons dans la fonderie. Une cuiller divisée en compartiments repose sur le fourneau en briques. Six ouvriers sont rangés autour du fourneau, que chauffe un feu de bois sec et léger, coupé peut-être dans les forêts de votre frère. Les flots du métal, composé de plomb et de régule d'antimoine, bouillonnent sous l'action des flammes. Chaque ouvrier trempe alors, dans la cuiller qui contient le métal en fusion, une cuiller plus petite, consistant en une barre de fer creusée à l'extrémité supérieure, et dont l'autre bout s'enfonce dans un manche de bois. Le liquide enflammé est versé dans le moule et presque aussitôt refroidi, et un mouvement de la main suffit à l'ouvrier pour faire tomber sur un trépied placé à sa gauche la lettre formée dans le moule. La lettre faite, on la rompt aussitôt. Des ouvriers s'en emparent ensuite pour la frotter, ou, si vous l'aimez mieux, pour effacer sur une pierre de grès les aspérités du métal; des créneurs, pour l'évider en dessous, si elle paraît trop haute; des coupeurs, pour enlever avec le rabot de cuivre la petite saillie laissée par la matière qui était primitivement dans le jet du moule. Cela fait, elle passe dans les mains de l'apprêteur, qui lui donne le dernier coup de lime et la soumet à une longue et rigoureuse révision, après laquelle les manœuvres la mettent dans les paquets destinés à l'imprimeur.

Nous possédons dès lors les deux grands éléments de l'impression : le papier et les caractères ; il ne manque plus que l'encre et la presse, que vous allez voir dans les deux grandes usines qui nous restent à visiter.

Pénétrons d'abord dans cette cour, d'où vous repousse, aux premiers pas, une odeur épouvantable. Une tente s'élève au centre, sous laquelle brûle, en lançant d'épaisses colonnes de fumée, un vase plein de poix résine. Dans un coin vous apercevez une marmite en fer, contenant de l'huile qui bout depuis deux heures.

Regardez bien cet homme qui frappe la tente et en fait tomber le noir que la fumée de la résine a déposé sur les parois intérieures tapissées avec du papier; puis ces aides, dont les uns lavent le noir ainsi obtenu, tandis que les autres s'apprêtent à le mélanger avec l'huile cuite et filante, au moyen de pilons en marbre. Voilà la fabrique et les fabricants d'encre d'imprimerie.

— Avec tout cela, dit très-haut le maître de forges, vous n'avez nullement prouvé que je sois intéressé personnellement à l'impression de votre livre.

— M'y voici. Que voyez-vous dans ce dessin qui représente tant bien que mal la quatrième usine où nous devions entrer en imagination?

— Une machine à vapeur et une presse typographique!

— Eh bien! il n'est pas une de ces pièces qui ne soit sortie de votre forge.

Vous avez fabriqué ces boulons, ces écrous, ces clefs, ces charnières, ces supports, ces leviers, etc., etc., etc.

Vous seul pouvez dire, par conséquent, le nombre d'ouvriers spéciaux qu'il a fallu faire travailler pour forger, tourner, forer et fondre chacune des pièces de cet ingénieux mécanisme. J'ajouterai que le *marbre* de la presse est en fonte, et nous vient encore de votre usine. Or, vous reconnaîtrez bien avec moi que, si l'auteur n'avait pas fait son livre, il n'était besoin ni de papier, ni d'encre, ni de caractères, ni de presse typographique, ni de machine à vapeur. Ce millier d'ouvriers que je vous ai montrés déjà exclusivement occupés, de près ou de loin, par voie directe ou indirecte, de la préparation de ce livre toujours à l'état de manuscrit, serait donc resté inactif. D'où il suit, si je ne me trompe, qu'un auteur, matériellement parlant, sert la société autant qu'un agriculteur, et n'est même pas inutile aux maîtres de forges. »

Les deux personnes touchées par l'allusion se rendirent de bonne grâce.

— J'avoue, se hâta de dire l'excellent Duval en aspirant d'énormes prises de tabac, j'avoue, en vérité, que ce métier d'auteur commence à m'inspirer beaucoup moins de répugnance ; peut-être même me sentirai-je au fond du cœur une indulgence qui étonnera tous mes frères.

—Il est certain, observa le maître de forges, que je n'avais pas encore envisagé la question sous ce point de vue.

— Ni moi, dit l'actionnaire de mines, qui s'était déjà amusé à calculer la somme de plomb et de fer approximativement nécessaire par an aux imprimeries françaises.

Le jeune Duval, rouge de bonheur, profita de ce demi-succès pour rallumer la flamme du punch, qui éclaira cette fois des physionomies moins bouleversées.

Je poursuivis donc en souriant :

Maintenant que nous avons papier, encre, caractères et presse à vapeur pour notre manuscrit, il ne s'agit plus que de le porter chez l'imprimeur; mais pour cela il est un intermédiaire à visiter d'abord, sans lequel le pauvre manuscrit ne serait peut-être jamais mis en lumière : j'entends naturellement l'éditeur.

L'éditeur, dans les rêves dorés des débutants, apparaît entouré de l'auréole merveilleuse et doué du pouvoir magique des génies et des enchanteurs. Ce magicien en habit noir possède en effet la baguette toute-puissante d'Aladin. Qu'il prononce un mot! et ces ténèbres sombres, dans lesquelles est enseveli l'écrivain, se dissipent comme par enchantement. Mais il n'est point facile d'arracher ce mot de ses lèvres. Offrît-on un chef-d'œuvre, ce qui arrive de temps en temps (car vous savez tous, comme moi, que Milton se vit éconduit avec son *Paradis perdu*, que Labruyère dut garantir les frais d'impression de ses *Caractères*, que Bernardin de Saint-Pierre avait en vain frappé à toutes les portes des libraires de son temps pour obtenir qu'on imprimât gratuitement *Paul et Virginie*), il y a cent à parier contre un que l'éditeur refusera. En réfléchissant aux déboursés que nécessite la fabrication d'un livre et aux faibles chances de succès qui suivent d'ordinaire un début, la froideur parfois injuste et toujours cruelle des éditeurs se comprend sans peine. Aussi, souvent, l'adresse est-elle plus utile que le mérite; et vaut-il mieux, pour l'intérêt matériel, être un homme d'esprit qu'un homme de génie.

Permettez-moi de vous conter, à ce propos, une anecdote que je tiens de première main :

En 1838, un jeune auteur, encore peu connu, se présente un matin chez l'éditeur à la mode, qui illustrait la rue Vivienne. Ambroise Dupont (dont le ciel garde l'âme en paix) avait, à son petit lever, l'air gracieux du sanglier sortant de sa bauge après une mauvaise nuit. C'est vous dire, en termes fleuris, l'accueil que reçut le jeune homme. Cet accueil fut de telle nature que, si mon commençant n'avait eu l'amour de la littérature cloué et chevillé dans l'âme, il aurait pris ses jambes à son cou et se serait enfui; mais il avait fait provision de persévérance et de sang-froid, et, après avoir reçu la bordée sans sourciller, il offrit au farouche éditeur le manuscrit d'un roman que celui-ci s'empressa d'écarter comme un calice d'amertume.

Un débat s'engagea sur la question de savoir si cette liasse menaçante resterait sur le bureau d'Ambroise Dupont ou si l'auteur la remporterait à l'instant même. Ce débat fut long, mais l'auteur obtint l'avantage, grâce au désir probablement qu'avait l'éditeur de se débarrasser de lui. Congédié avec la promesse banale que son roman serait examiné, le débutant revint huit jours après, et pendant trois mois il se présenta toutes les semaines, le même jour et à la même heure, pour demander quel était le jugement porté sur l'infortuné manuscrit. On le lui fit enfin connaître, et, s'il n'était pas très-flatteur, ce jugement avait du moins le mérite de la clarté. Vous croyez que le jeune homme, au désespoir, tomba aussitôt dans le découragement romantique : loin de là; quinze jours plus tard il reparaissait chez Dupont, et le dialogue suivant s'engageait entre eux dans l'antichambre.

L'ÉDITEUR. Comment, Monsieur, c'est encore vous! Il me semblait pourtant que je m'étais exprimé la dernière fois de façon...

L'AUTEUR. A me convaincre, cher Monsieur, de la bonté de votre goût. Je suis même si bien guéri de la petite blessure faite à mon amour-propre que je viens, sans le moindre regret, de livrer mon roman aux flammes.

L'ÉDITEUR, *un peu rassuré et se radoucissant.* Je ne comprends pas bien alors le motif de votre visite.

L'AUTEUR. Ce n'est pas de moi qu'il s'agit, et si vous pouvez m'accorder quelques minutes...

L'ÉDITEUR, *le menant dans son salon.* Je vous écoute.

L'AUTEUR. Monsieur! connaissez-vous l'auteur des *Fiancés?*

L'ÉDITEUR. Manzoni! Sa réputation est européenne, et, s'il eût habité Paris, j'aurais édité son roman n'importe à quel prix, car j'ai toutes les célébrités contemporaines sur mes catalogues.

L'AUTEUR. Eh bien! sans aller à Milan, vous pouvez y inscrire Manzoni.

L'ÉDITEUR. Que voulez-vous dire?...

L'AUTEUR. Que je vous apporte, dans le plus grand secret, la traduction du premier volume d'un roman nouveau de l'auteur des *Fiancés*, dont l'existence et le titre sont aussi ignorés à Milan qu'à Paris.

L'ÉDITEUR. Serait-il possible?

L'AUTEUR. Savez-vous l'italien?...

L'ÉDITEUR. Ma foi! non.

L'AUTEUR. Voilà sa lettre.

L'ÉDITEUR. Et vous en avez déjà, dites-vous, traduit quelque chose?

L'AUTEUR. Tout un volume.

L'ÉDITEUR. Si vous voulez me laisser...

L'AUTEUR. Impossible; l'auteur me défend de m'en dessaisir avant d'avoir traité.

L'ÉDITEUR. Et quelles sont vos conditions?...

L'AUTEUR. Je vous le dirai quand ma traduction vous sera connue.

L'ÉDITEUR. Avez-vous le temps de m'en lire quelques chapitres?

L'AUTEUR. Je suis à vos ordres.

L'ÉDITEUR, allant ouvrir une porte latérale, et ramenant un homme jeune encore, auquel il parle bas et qui s'assied d'un air étonné :

— Vous pouvez commencer; nous écoutons.

Le débutant, après ce colloque, lut le premier chapitre de sa traduction, en s'excusant à chaque page sur son inexpérience et sur la pénurie de la langue française, qui ne lui permettait pas de rendre, comme il l'aurait voulu, les riches couleurs de l'original. Il allait entamer le second chapitre lorsque l'éditeur se leva, et, après avoir échangé un coup d'œil avec le nouveau venu, dit d'un ton bref et décidé :

— Vos conditions?

— Les voici, répondit le jeune homme : vous paraîtrez dans un mois, j'aurai vingt-cinq exemplaires et mille francs le jour de l'apparition pour les deux volumes.

— Vous ne plaisantez pas?...

— Si peu que je demande à signer un traité sur ces bases.

L'éditeur le prit au mot, et, quand les deux signatures furent couchées au bas de cet engagement, il laissa éclater sans mesure son enthousiasme et son admiration pour ce qu'il venait d'entendre.

— Tenez, Soulié, disait-il au témoin de

cette scène, que le débutant rencontrait pour la première fois, vous mettez du drame et de la vie dans vos romans, vous les touchez avec vigueur et savez nouer admirablement une intrigue; mais vous n'avez, mon cher, ni cet intérêt, ni ce naturel, ni cette couleur. On sent là-dessus le reflet vif et chaud du soleil de l'Italie.

Le traducteur courbait modestement la tête et paraissait confus de cet éloge.

Le roman s'imprima en dix-huit jours. Chaque feuille nouvelle augmentait l'admiration de l'éditeur, qui dévorait les épreuves. Enfin vint le moment solennel, celui où il fallut livrer le titre. A sept heures du matin Dupont était chez le jeune homme; celui-ci lui remet le papier si impatiemment attendu. L'éditeur le déplie et lit : BERTRAND DE BORN.

— Vous moquez-vous de moi? s'écrie-t-il alors avec sa brusquerie accoutumée. C'est là le titre du premier roman que vous m'aviez porté et que j'ai refusé de faire paraître.

— Il est vrai, dit tranquillement le jeune homme.

— Et vous voulez le mettre à votre traduction?

— Je n'ai pas traduit.

— Comment?...

— C'est mon pauvre livre que vous aviez rejeté sans le lire, et que je vous ai fait accepter et admirer sous le couvert de Manzoni

La vengeance avait du montant; mais l'éditeur en prit son parti, car il était homme de goût. Il refusa même de déchirer l'engagement que lui rendait le jeune auteur.

Je ferais un in-folio si je voulais vous raconter toutes les tribulations de l'écrivain qui cherche un éditeur. Il faut subir, hélas! la loi du plus fort, bien qu'elle soit dure; car on ne rencontre pas tous les jours des amis des lettres aussi généreux que le peintre Vien, qui ne craignit pas d'aventurer cent écus pour l'impression du chef-d'œuvre de Bernardin de Saint-Pierre. Tout le monde non plus ne peut pas débuter avec autant de bonheur que Samuel Johnson, l'illustre critique anglais du siècle dernier. Il était encore au collége; son professeur lui infligea pour pensum de traduire en vers latins, pendant les fêtes de Noël, le poëme de Pope sur le Messie. Samuel se met à l'œuvre, s'y attache, et envoie sa traduction à son père, libraire à Lichtfield. Celui-ci, qui était bon latiniste, admire les vers de son fils, les imprime, les publie s'en l'en informer, et envoie le premier exemplaire à Pope. Pope, enthousiasmé, s'écrie que c'est un chef-d'œuvre, dont son propre ouvrage semble être la traduction. Là-dessus la renommée embouche ses cent trompettes, et Samuel Johnson apprend au collége qu'il est le premier et le plus célèbre poëte latin... de l'Angleterre. Faute d'un tel père, les jeunes écrivains se plient sans murmurer aux exigences les plus bizarres, acceptent toutes les humiliations. Tel auteur en vogue aujourd'hui a vu en gémissant le manuscrit de son roman oublié pendant des années sous les maculatures de l'éditeur ou rongé par la poussière, comme *le Nœud gordien* de Ch. de Bernard, que les rats avaient à moitié dévoré quand le hasard le fit tomber sous les yeux d'un journaliste. Tel autre a dû refondre son sujet, gâter son plan et dénaturer son idée première, selon les caprices ou les vues mercantiles du tyran. Et ne croyez pas que les talents médiocres soient seuls condamnés à passer sous ces fourches caudines : le génie les a subies plus d'une fois, et je pourrais vous en citer d'illustres exemples.

III

Impression du livre. — Lettres de noblesse de l'imprimerie. — Plantin. — Marie d'Orléans. — Kilian. — Correction des épreuves. — Fautes d'impression historiques. — *Diane* en *grenouille*. — Anecdotes. — Fréd. Morel. — Stoupe. — Charles Crapelet. — Une mariée abandonnée.

Mais, pour abréger, supposons que l'auteur a eu la main heureuse, qu'il est tombé sur un de ces hommes d'intelligence qui honorent la librairie, sur un Furne, un Didier, un Hachette, un Lahure, si vous voulez. L'éditeur va mettre le livre sous presse; il traite avec l'imprimeur et lui porte le manuscrit. Oublions, pour un instant, les feuillets vierges encore, et laissez-moi vous dire quelques mots d'un art que trop de gens sont habitués, faute de le connaître, à confondre avec les métiers mécaniques.

3.

Dès le seizième siècle, la royauté elle-même, glorifiant l'imprimerie, protesta contre cette assimilation, à laquelle s'attachait une intention blessante ; car on ne soupçonnait pas alors que le travail ennoblit l'homme au lieu de l'avilir.

Le 30 avril 1583, Henri III lançait un édit pour « maintenir dans ses priviléges l'art de l'imprimerie, comme des premiers et plus exquis que tous les autres, — les personnages les plus expérimentés en fait de lettres ayant pris la qualité d'imprimeurs. » Soixante-six ans après, Louis XIV enchérissait encore sur l'ordonnance de Henri III, et « réprimait sévèrement les abus introduits dans l'imprimerie par des maîtres incapables d'exercer cette noble profession. »

C'est en tenant ce langage que nos rois et les papes créèrent les Alde, les Néobar, les Plantin, les Estienne, véritables saints littéraires, pères vénérables de la science et de la liberté moderne, qu'on ne peut regarder, à travers le brouillard des siècles, sans une émotion de reconnaissance et de respect.

Aussi je vous peindrai mal l'impression profonde que je rapportai d'une visite faite, en compagnie d'un linguiste célèbre, dans l'ancienne imprimerie de Plantin, à Anvers. C'était le 3 mai 1836 ; le soleil faisait jaillir à travers la brume matinale ces doux rayons d'or qu'aimait tant Rubens. J'attendais depuis une heure avec mon collègue sur la place Vendredi, lorsqu'un homme de bonnes manières, que je sus depuis être un descendant de Plantin, par les femmes, nous introduisit dans le vieil édifice. L'atelier, construit en 1554, est plein de débris poudreux que nous considérions comme autant de reliques. Il y a là deux presses du temps, cinquante à soixante composteurs en bois, de vieilles galées, des manches de pointes, un trépied et une chaise en bois tors. Nous passâmes ensuite dans le bureau de Plantin, dont les registres et les livres de comptes et d'affaires sont encore rangés sur les tablettes, comme s'il venait de sortir. A côté s'ouvre le cabinet des correcteurs. Figurez-vous une assez grande pièce, tendue en cuir doré, avec de ces beaux dessins de la Renaissance, à peine effacés par le temps. Le jour y est superbe, et tout a si fidèlement gardé le cachet du passé qu'en m'approchant du bureau, et fermant les yeux, il me sembla que j'étais derrière Juste Lipse, courbé sur les épreuves, et que j'entendais ce bon, ce digne Corneille *Kilian*, le phénix des correcteurs morts et vivants, murmurer, en se frottant les mains, cette petite satire que je vous traduis du latin :

Nous corrigeons des livres les erreurs,
Et nous notons les fautes des auteurs ;
Mais un brouillon, que la fureur d'écrire
Pour nos péchés dans les lettres attire,
De ce bel art faisant un vil métier,
Souille la plume et tache le papier.
Loin de lécher son ourson, il s'empresse
De le jeter dans les bras de la presse ;
Et si l'on rit de son avortement,
Voilà ce sot de furie écumant.
Tout aussitôt il s'en prend pour excuse
Au correcteur : c'est lui seul qu'il accuse.
— Eh ! mon ami ! laisse le correcteur
Débarbouiller les marmots de l'auteur !
C'est bien assez que ce pauvre homme-lige
Soit l'ennemi de tous ceux qu'il corrige !...

De ce cabinet, où Corneille Kilian expurgea des épreuves pendant cinquante ans, ce qui suffit, et au delà, pour faire pardonner sa boutade en vers latins contre les brouillons du temps, on nous fit passer dans la salle des ornements typographiques. Nous admirions ces belles gravures sur bois, ces lettres montantes, ces fleurons, qui forment encore une collection de plus de trois mille pièces, lorsque des dames, devant lesquelles marchait respectueusement M. Albert Moretus, l'héritier de Plantin, s'approchèrent de ces trésors. L'une d'elles semblait surtout les examiner avec un vif intérêt. Quand elles furent sorties, nous demandâmes à notre guide :

— Ces dames ne sont-elles pas Françaises?

Il répondit affirmativement.

— Les connaissez-vous?

Avec la taciturnité d'un spectre sorti de la tombe de Plantin, pour nous répondre il se contenta de nous montrer du doigt un tableau imprimé, sur lequel on lisait :

« En ce moment, onze heures du matin, « 3 mai 1836, Sa Majesté la Reine des Bel-

« ges et S. A. R. la Princesse Marie d'Or-
« léans, sa sœur, honorent de leur présence
« l'ancienne architypographie de Plantin. »

Touchant pèlerinage de cette noble princesse que l'amour des arts consolait des tristesses de la politique, et qui devait, hélas! descendre dans la tombe encore à la fleur de l'âge, et aller rejoindre pour toujours celui dont elle visitait l'atelier trois fois séculaire!...

Revenons maintenant à notre manuscrit. L'imprimeur a compté les pages, calculé le nombre et la force des lignes, et il résulte de cette opération préliminaire que l'ouvrage formera quatre volumes de quatre à cinq cents pages in-octavo. Chacun de ces volumes renfermera dès lors cent dix à cent trente mille mots ; il faudra, par conséquent, remuer deux fois trois millions deux ou trois cent mille de ces lettres ou caractères que nous venons de voir fondre pour notre livre. Voici le moment de pénétrer dans l'imprimerie.

— J'ai vu une fois par hasard celle du chef-lieu, dit l'aîné des frères Duval, et j'avoue que ces dressoirs en bois blanc, derrière lesquels travaillaient des ouvriers silencieux comme des muets et coiffés de tricornes de papier, m'ont vivement intrigué.

— Ces dressoirs dont vous parlez, repris-je en me rapprochant de la cheminée, où pétillait un feu très-attrayant, s'appellent des *casses* dans la langue de ce pays-là. C'est dans les compartiments de cette boîte, nommés naturellement *cassetins*, que se distribuent par ordre alphabétique toutes les lettres de métal ou caractères à la fonte desquels je vous ai fait assister tout à l'heure.

Les compositeurs, qui portent aussi le nom d'*hommes de conscience* quand ils travaillent à la journée, se placent devant les cassetins, tenant de la main gauche le *composteur*, instrument en fer construit de façon que ses branches puissent s'écarter à volonté pour donner aux lignes la longueur voulue, et, regardant la copie ou manuscrit de l'auteur, ils prennent une à une, de la main droite, dans les petites cases, les lettres nécessaires, et les rangent horizontalement dans le composteur jusqu'à ce que la ligne soit pleine. La ligne finie, ils la couvrent d'une petite lame de plomb, dite *interligne*, parce qu'elle laisse un peu de blanc entre chaque rangée de lettres, et ils recommencent de nouvelles lignes.

Puis, lorsque l'instrument de fer est plein, le typographe saisit cette poignée des deux mains, et, la retirant des branches du composteur, la pose sur une planche à rebords.

— J'ai vu cela à Pamiers, observa le maître de forges.

— Eh bien! dis-je après lui, lorsque cette planche à rebords, que les imprimeurs ont baptisée *galée*, ne peut plus contenir de caractères, on serre, avec une ficelle, le bloc entier, ou composition, ou page, comme vous voudrez, qui, formant une masse solide, est posée sur le marbre, sorte de table en pierre dure, et le plus ordinairement en fonte polie.

Toute la copie terminée, les divers assemblages, alors qualifiés *paquets*, sont divisés en pages d'égale dimension par l'ouvrier qui porte le nom de son emploi : *metteur en pages*. Le metteur en pages *justifie* la composition, c'est-à-dire en détermine les espaces au moyen de morceaux de plomb, en prépare les blancs en entourant les pages d'une garniture de fonte qui doit les produire, et la bloque ou l'assujettit avec des coins de bois dans un châssis de fer.

— Quel travail ! quel travail ! mon Dieu ! s'écria le banquier !...

Vous n'avez encore, Messieurs, qu'une idée fort imparfaite de celui de l'homme ; mais voyez sa servante à l'œuvre, regardez la vapeur !

Je vous transporte une minute dans les ateliers de Didot, de Claye ou de Mame (de Tours). A l'une des extrémités de ces beaux établissements, si parfaitement appropriés à leur destination sous le rapport de l'espace et de la lumière, on voit se mouvoir dans son immuable régularité le puissant balancier d'une machine à vapeur qui imprime aux presses mécaniques un mouvement égal et doux au moyen de communications dissimulées par des trappes ou enfouies dans des caveaux. Ces ingénieuses machines, qui, surveillées par des contre-maîtres, se chargent de toutes les fonctions relatives au tirage, c'est-à-dire de broyer l'encre, de la déposer sur la table de distribution, de l'étaler sur cette table, d'encrer les rouleaux qui encrent ensuite nos caractères serrés dans les châssis ou formes, et enfin de les imprimer, n'exigent pour leur manœuvre courante que deux enfants, dont l'un passe la feuille blanche que l'autre reçoit imprimée.

Ce n'est pas tout : un chariot roulant reçoit, ramasse en piles ces feuilles imprimées, les transporte dans un coin de l'atelier où, avec l'aide toute-puissante de la vapeur, un mécanisme particulier les enlève, ouvre une trappe et les dépose à l'étage supérieur dans l'étendage et le séchoir !

— Bon Dieu ! murmura le capitaliste, quel détail !

— Un détail immense, Monsieur ; car la maison Mame, par exemple, fabrique par jour dix mille volumes, occupe pour la reliure seulement mille ouvriers, hommes, femmes et enfants, et crée un travail quotidien qui, à ne compter que trois cents jours, donne pour produit trois millions de volumes!...

— Mais c'est superbe! crièrent en chœur les cinq frères!

— Ce n'est pas tout encore! Je pourrais vous montrer un bien plus grand déploiement d'activité dû à celui qui fait un livre; vous conduire dans d'autres ateliers où s'accomplissent une foule d'opérations accessoires qui, toutes, pourtant, sont dignes d'attention et concourent à l'ensemble de la fabrication du livre; vous ouvrir ces immenses magasins de papier blanc, où quinze à vingt mille rames de toute qualité et de toute dimension attendent le moment de recevoir sous le cylindre de la presse cette noire empreinte de la lettre moulée, sorte de passe-port visé pour le tour du monde; ces officines de *tremperie*, où le papier est imbibé d'eau; d'assemblage, où des ballots empilés en forme de rues attendent l'attaque du brocheur. Oui, certes, je pourrais vous montrer cela et beaucoup d'autres choses; mais je préfère vous arrêter un moment devant les cellules silencieuses des correcteurs.

La correction des épreuves est à l'imprimerie ce que l'âme est au corps, ce que la vue est à l'homme. Un fou et un aveugle, en effet, peuvent seuls donner l'idée d'une épreuve corrigée imparfaitement ou sans intelligence. Suivez-moi dans le cabinet relégué au fond de l'imprimerie, et regardez discrètement. Un enfant de Paris, à mine éveillée et mutine sous son tricorne de papier, est là, debout, lisant la copie à haute voix, tandis que le correcteur, courbé, à son bureau, sur l'épreuve, suit attentivement et l'arrête pour noter chaque faute.

Si vous voulez maintenant connaître le résultat de cette première expurgation, hâtons-nous d'accompagner l'épreuve chez l'auteur, et de lui demander ce qu'il en pense... Notre question est à peine formulée que celui-ci répond furieux :

« C'est une espèce de gâteau de plomb à

donner mille indigestions littéraires. Vous trouvez dans vos lignes sentimentales des refrains de vaudeville et des débris de conversations les plus grotesques. L'idée écartelée en pages, parquée en lignes, dissipée en mots, hachée par la justification, l'idée qui souriait encore pleure. Elle trouve sa cellule si étroite! elle se frappe aux barreaux de sa cage (1). »

Et ne croyez pas que ces plaintes datent d'hier; elles sont aussi vieilles que l'imprimerie elle-même. Voici, par exemple, un auteur du seizième siècle, Joachim du Belloy, qui s'écriait en 1561 : « Si tu trouves, amy lecteur, quelque faute en l'impression, tu ne t'en dois prendre à moi, qui m'en suis rapporté à la foy d'autruy. Puis, le labeur de la correction est une œuvre telle que tous les yeux d'Argus ne suffiroient pas pour y voir les fautes qui s'y trouvent. »

Le cardinal Duperron ne se plaignit pas, vingt-six ans plus tard, avec moins d'amertume.

(1) De La Touche.

« Il faut, disait-il, mettre ordre aux imprimeurs ; en ma harangue ils ont imprimé les barbares *Grecs*, au lieu de barbares *Gètes*. Ils appellent barbare la nation la plus polie qui ait jamais été ! »

Aussi le grave et savant docteur Hornschuch, qui corrigeait, en 1608, à Leipsick, donne à ses confrères de terribles instructions.

« Le correcteur, dit-il, doit éviter avec le plus grand soin de s'abandonner à la colère, à la tristesse, à la galanterie, enfin à toutes les émotions vives. Il doit surtout fuir l'ivrognerie ; car y a-t-il un être dont la vue soit plus troublée que cet idiot qui transformait Diane en grenouille : *Dianam in ranam !* »

N'est-il pas vrai qu'en écoutant ces bons conseils on est tenté de parodier le mot de Figaro ? Aux vertus, en effet, que le docteur Hornschuch exige de ses confrères, combien trouverait-on d'imprimeurs, aujourd'hui, dignes d'être correcteurs ?... Je sais bien qu'en me déroulant la glorieuse liste des cent correcteurs illustrés par Conrad Zeltner, l'excellent Germain dirait, s'il pouvait me répondre, que cette noble profession était embrassée autrefois avec un enthousiasme qui rendait la pratique de toutes les vertus plus facile et tous les sacrifices légers. Et il ne manquerait pas de me citer, après ce Kilian, qu'on vit si délicieusement occupé pendant un demi-siècle à la correction des épreuves, le trait de Frédéric Morel, petit-neveu de Robert Estienne, qui corrigeait, à ce qu'il paraît, une *tierce*, lorsqu'on vint l'avertir que sa femme allait fort mal.

« Un moment, » dit-il à la servante.

Ce moment fut si long que le médecin crut devoir se rendre lui-même dans son cabinet pour lui dire de se hâter s'il voulait voir encore sa femme vivante.

« Je n'ai plus, répondit-il, que deux mots à écrire. »

Quelques instants après, on frappa à la porte du cabinet; mais, cette fois, c'était l'homme de Dieu qui venait lui annoncer que l'infortunée était morte.

« J'en suis marri, reprit-il tranquillement

en se remettant à son épreuve, c'était une bonne femme! »

A ce trait historique, les six frères Duval protestèrent à la fois par un cri d'incrédulité.

— Vous doutez de ce fanatisme?

— Oui, c'est impossible! crièrent-ils comme on fait dans l'Ariége, c'est-à-dire à tue-tête.

— Ah! vraiment? Et que diriez-vous si je trouvais l'équivalent, sans remonter plus haut que la fin du dernier siècle?

— C'est impossible.

— Écoutez donc : En l'an de grâce 1773, le salon d'Antoine Stoupe, successeur de Le Breton, imprimeur ordinaire du Roi, était brillamment illuminé. Le maître imprimeur, comme se qualifiaient modestement les typographes de ce siècle, avait voulu célébrer chez lui la noce de son correcteur Charles Crapelet. La mariée était si belle, avec sa robe blanche et sa guirlande dont les paillettes étincelaient aux lumières sur sa tête poudrée avec art, ses yeux bleus se baissaient avec une candeur si douce, que toutes les femmes se mordaient les lèvres de dépit, tandis qu'en revanche tous les hommes félicitaient l'heureux époux. Celui-ci, à la stupéfaction générale, paraissait rêveur, morose, contraint, et ses regards se portaient plutôt sur la pendule que sur sa nouvelle compagne. Cette préoccupation n'avait échappé à aucun des convives, mais trois personnes semblaient l'épier surtout avec un intérêt particulier : c'était le maître imprimeur, la mariée et une vieille tante de cette dernière, qui, tout en feignant de regarder les grands personnages verts et jaunes de la tapisserie de laine, ne perdait pas un seul des mouvements du jeune époux. A mesure que l'heure avançait, elle voyait avec effroi son front se rembrunir. Minuit sonne enfin ; il n'y tient plus, et sort précipitamment du salon. Or, jugez maintenant de l'émoi des convives, du désespoir de la mariée, quand on ne le vit pas reparaître.

Tous les yeux se tournèrent vers Stoupe qui, rayonnant de joie, aspirait de longues prises de tabac et regardait la place vide d'un air de triomphe.

Le père de la mariée lui demanda bientôt le motif de cette étrange disparition.

Pas de réponse.

La vieille tante répéta la question avec aigreur, il ne parut pas avoir entendu.

Enfin, la mariée s'étant jetée à ses pieds tout en larmes, il la releva, et lui mettant au front un baiser paternel :

— Réjouis-toi, ma fille, lui dit-il avec enthousiasme, tu as la perle des maris!

— Un homme qui abandonne sa femme le jour de ses noces! observa aigrement la vieille.

— Oui, Madame, répliqua le maître, trop froid pour s'emporter jamais, trop heureux ce soir-là pour s'émouvoir de l'anxiété générale; c'est un homme dont je suis fier!

Lorsque l'aiguille marquera trois heures, poursuivit-il, Charles rentrera dans ce salon.

La mariée soupira, les parents murmurèrent, chacun des amis fit une remarque tout bas, mais on attendit. Comme trois heures sonnaient, le marié rentra effectivement, ainsi que l'avait annoncé Stoupe.

— D'où venez-vous?... fut le cri qui sortit de toutes les bouches.

— Je viens de corriger des épreuves attendues par les imprimeurs, dit-il en regardant tendrement sa jeune femme, qui dut être jalouse, à ce moment, de la typographie.

— Et vous garantissez l'anecdote?

— Oui, Messieurs, m'écriai-je avec l'assurance de Stoupe, car le propre fils du héros, C.-A. Crapelet, défunt mon collègue à la Société impériale des antiquaires de France, m'a raconté vingt fois le fait dans les mêmes termes, et, non content de l'avoir dit à tout le monde, il l'a imprimé sur vélin dans ses *Études typographiques*, ouvrage aussi mauvais d'ailleurs que riche en curieuses recherches.

— Je n'en doute pas le moins du monde, pour mon compte, me dit alors le bon Duval, mais il me semble que cette digression vous éloigne du but.

— Elle m'y ramène au contraire. Ce même Charles Crapelet, dont il était question tout à l'heure, ayant remarqué que, dans la première feuille d'un *Télémaque* auquel il donnait tous ses soins, on avait imprimé *Pélénope* pour Pénélope, faillit attenter à ses jours.

IV

Les malédictions de Byron. — Érasme. — Maury. — La brochure. — Les accidents. — L'incendie de la rue du Pot-de-Fer. — Le géographe. — Le lithographe. — La colorieuse. — Les coquilles. — Leurs suites politiques et autres. — L'annonce. — Le courtier. — La réclame. — Le prix des critiques. — Un dîner de 1,000 fr. — Brifaut. — La reliure. — L'illustration.

Il résulte de ces erreurs de correction des récriminations amères et assez bien fondées, quelquefois, de la part des auteurs. « La moindre faute de typographie me tue, écrivait Byron à son éditeur ; corrigez, je vous en conjure, si vous tenez à ne pas me voir me couper la gorge. Ah ! je voudrais que le compositeur fût attaché sur un cheval et accolé à un vampire ! »

Ces malédictions, que les compositeurs et

les correcteurs lui rendaient au centuple, car son écriture était si mauvaise qu'il ne pouvait parvenir à la déchiffrer lui-même, l'illustre auteur de *Child-Harold* ne les eût point lancées contre les ouvriers de Murray, s'il avait pris la peine de surveiller personnellement l'impression de ses œuvres. Il en était ainsi autrefois. Érasme ne rougit pas de se faire le correcteur de ses propres ouvrages, chez Alde l'ancien; et au commencement de ce siècle on vit le cardinal Maury suivre page à page, ligne à ligne, et en quelque sorte mot à mot, l'impression de son *Essai sur l'Éloquence de la chaire*.

Il ne se passait pas deux jours, dit l'auteur des *Études typographiques*, sans qu'il vînt à l'imprimerie, montant rapidement les quatre étages, précédé et suivi d'un laquais en livrée. Il était habituellement en longue soutane violette, avec petit camail en dessous rouge, quelquefois en petit manteau. Il allait discrètement se placer dans le rang de son compositeur, et là, il lui donnait toutes les explications nécessaires sur les corrections, ou plutôt sur la rédaction nouvelle du texte, qui a eu jusqu'à dix ou douze épreuves par feuille.

— Tout cela, fit remarquer M. Duval, qui ne perdait jamais l'occasion d'émettre une opinion juste, tout cela dut prendre beaucoup de temps !

— Deux ans, de 1808 à 1810. Nous nous arrêterons moins longtemps en imprimant notre livre.

Les soixante feuilles, qui en constituent les deux volumes, tirées et séchées, on les envoie au brocheur. Je vous conduis donc pour quelques instants dans l'atelier de cet auxiliaire indispensable de la typographie. Là, vous avez vu en un clin d'œil des ouvrières intelligentes plier les feuilles avec leur couteau à papier, les assembler, les réunir avec l'aiguille, et les passer au brocheur qui les revêt de la couverture. Ainsi, le livre est terminé..., sauf le chapitre des accidents.

— Quels accidents? demandèrent mes hôtes...

— Vous n'en voyez pas de possibles, et il en est tel, cependant, qui peut tout anéantir, jusqu'à l'idée même du livre. Vers la fin de 1835, il en advint un qui mit tout le Paris littéraire sur pied. Au milieu d'une sombre et froide nuit d'hiver, les cris au feu! au feu! éclatèrent tout à coup du côté de Saint-Sulpice. Les citoyens zélés s'éveillent, les pompiers du poste voisin accourent, tous les gardes nationaux de la mairie s'empressent sur leurs pas, et que voit-on ?... un des premiers ateliers de brochage de la capitale en flammes, et l'incendie illuminant de ses reflets terribles toute la rue du Pot-de-Fer. Ce fut une nuit sinistre, mais bien moins que le lendemain.

Les produits de toutes les librairies parisiennes étaient brûlés. L'on vit l'air rempli de papillons noirs, tristes débris d'une multitude de livres morts et bien morts, hélas! avant d'avoir vécu : drames, mélodrames, romans en vingt volumes, interminables feuilletons, lourds cauchemars de l'ancien romantisme s'en allant en poussière.

— Il est certain, dit le capitaliste en homme positif, qu'on aurait le droit de se désespérer en voyant anéantir tout à coup, par accident, un travail qui a déjà nécessité l'emploi de tant de forces diverses.

— Je commence à convenir, ajouta le propriétaire de forêts, que la fabrication d'un livre n'est pas tout à fait aussi inutile à l'industrie que je me l'étais persuadé d'abord; mais, puisque le voilà broché, nous n'avons plus sans doute qu'à retourner chez l'auteur?

— Pas si vite, Messieurs, répondis-je, un peu fier de ce double aveu; il faut encore nous transporter dans trois quartiers différents où l'on travaille pour ce livre. Je vous introduis d'abord dans une grande pièce au milieu de laquelle se tient debout, devant une table de sapin, un des savants les plus consciencieux de l'époque. Cet homme, d'un autre siècle pour l'érudition et la naïve capacité, est là occupé, le compas en main, à donner le dernier coup d'œil à la carte de géographie qui doit orner le livre. Il s'acquitte de cette tâche avec un soin si religieux que nous pouvons entrer, observer, sortir sans qu'il nous aperçoive. Comme il ne nous entendrait peut-être pas si nous lui demandions son nom, ou qu'il pourrait bien l'avoir oublié en ce moment, je vous dirai qu'il s'appelle Mac-Carthy, qu'il a toute l'Europe gravée en relief dans sa tête, et qu'il est assez méritant et assez modeste pour n'arriver jamais à rien.

Nous quittons son cabinet pour le quatrième étage du lithographe qui transporte cette carte sur la pierre. Ici vous voyez un bon gros Allemand bien simple et bien joufflu, travaillant comme il fume, machinalement et avec l'intelligence de ces chevaux de manége tournant sans cesse la même meule du même pas et pendant le même temps.

Telle n'est point la joyeuse ouvrière qui attend plus loin, sous les toits, que cette carte soit prête pour la colorier.

Plus gaie que ces moineaux francs qui viennent à toute minute voler et marauder des miettes au soupirail de sa mansarde, elle rit et chante, en délayant ses couleurs et additionnant avec ivresse, à la fin de chaque refrain, les lignes bleues, vertes et rouges qu'elle doit tracer avant d'avoir gagné le prix d'un billet de spectacle !...

Victoire enfin ! La carte est coloriée, le livre broché et remis à l'auteur... Il l'ouvre avec l'empressement d'un père qui embrasse son premier né ; et son front pâlit, et son œil devient hagard, et ce livre si attendu s'échappe de sa main tremblante ! C'est qu'en le feuilletant il est tombé sur le plus cruel cauchemar des écrivains, sur de monstrueuses coquilles !...

— Comment, sur des coquilles ? s'écrièrent émerveillés les six frères Duval.

— En langage d'imprimerie, on nomme coquille la faute que fait commettre toute lettre mise par erreur à la place d'une autre, et changeant ridiculement le sens du mot. J'ai déjà parlé de ces erreurs, mais il faut que j'y revienne, car voici le moment où elles sont irréparables.

— C'est un malheur, dit M. Duval, qui doit arriver souvent.

— Trop souvent, hélas ! Les annales de la typographie en fournissent les plus curieux exemples. C'est le correcteur d'Henri Estienne, une des colonnes du temple, qui, ne comprenant pas bien le mot *procos*, qui voulait dire prétendants de Pénélope, anticipait sur les enchantements de Circé, et les appelait partout *porcos*, pourceaux ; c'est celui de l'imprimeur de Byron, substituant le bord *adriatique* du Bosphore au bord *asiatique* ; celui de l'abbé Fleury, lui faisant dire dans un catéchisme : de là viennent tous les péchés qui mènent à la *vie* éternelle, au lieu de la *mort* éternelle ; mon Dieu, c'est Plon, enfin, qui n'est pas, quoique décoré, le meilleur imprimeur de Paris, auquel je reprocherai toute ma vie d'avoir changé sans autorisation, dans cette *Histoire du Midi*, que je vous citais tout à l'heure, les *possessions* anglaises en *professions* anglaises.

A la vérité, les coquilles n'ont pas d'ordinaire une haute importance; elles ne sont pas toutes aussi dangereuses que celle qui fit brûler le malheureux Étienne Dolet, imprimeur de Lyon, accusé de s'être permis de glisser un mot peu orthodoxe dans la traduction de Platon, ou celle qui aurait mené à l'échafaud le célèbre Sieyès, s'il ne l'eût aperçue à temps, car le compositeur prétendait qu'au lieu d'*adjurer*, il avait *abjuré* la république; mais on a vu cependant une simple coquille décider du destin des États. »

Cette proposition parut si hasardée que le bon M. Duval lui-même ne put retenir un sourire.

« Vous vous moquez de ce qui vous paraît, je le vois, une exagération?...

— Non, répondit mon hôte, non certes; mais avouez pourtant que le fait semble extraordinaire.

— Quoi qu'il en soit, repris-je, il est historique, et je l'ai entendu de mes oreilles à une séance de l'Académie de Rouen : cette honorable Compagnie, devant laquelle je venais d'avoir l'honneur de lire quelques mots sur le grand Corneille, et qui me donna, en souvenir, un jeton orné des trois profils de Corneille, Poussin et Fontenelle, avec ces mots en exergue : *Tria limina pandit* (elle ouvre trois portes), qu'un graveur avait changés par une fatale coquille en *Tria limina pendit* (elle est pendue sur trois portes); cette très-honorable Compagnie donc donnait audience, le 20 mai 1836, au savant et spirituel Berger de Xivrey que j'entendis, je le répète, s'exprimer en ces termes : « A l'époque où Napoléon fondait de gigantesques projets sur son alliance avec l'empereur Alexandre, le *Moniteur* ou le *Journal de l'Empire* publia dans ce sens un article où il était dit, en parlant des deux grands monarques : « ces deux souverains dont l'*union* ne peut être qu'invincible. » Les trois dernières lettres du mot *union* ayant été enlevées pendant l'impression, il resta le mot *un*, et l'empereur de Russie lut avec indignation cette phrase du journal : « ces deux souverains dont l'*un* ne peut être qu'invincible. » L'errata du numéro suivant lui parut une nouvelle injure. Napoléon, qui vit la portée de cette coquille, s'emporta vainement. Ainsi, un accident de presse, qui pouvait tomber sur mille mots insignifiants, et qui frappa sur le plus significatif, détruisit en un instant les plus hautes combinaisons du génie politique.

— Ce serait bien le cas de s'écrier comme Bossuet : A quoi tient le destin des empires !...

— Je reviens à notre livre, dis-je en coupant la parole au banquier, prêt à se lancer dans les discussions politiques. Au moyen d'une page qualifiée *errata*, parce qu'elle porte la rectification de toutes les erreurs, l'ouvrage peut être livré au public. Ici commence donc une série d'opérations nouvelles qui ne sont pas les moins importantes au point de vue industriel.

Il y a d'abord l'annonce du livre, — la mise en vente, — les articles de journaux.

Permettez-moi d'exposer séparément chacun de ces détails.

Il y a vingt-cinq ou trente ans au plus, l'annonce était chose toute simple. L'éditeur passait au bureau du journal, et faisait insérer dans la quatrième page, à tant la ligne, le titre de son ouvrage avec le prix et son adresse. Le caissier reconnaissant ajoutait par politesse une phrase ou deux, recommandant l'œuvre nouvelle à l'abonné ; il donnait ensuite quittance, et tout était dit. On pourrait appeler cela l'enfance de l'art. Nous avons aussi progressé de ce côté, Dieu merci ! et il n'a pas tenu à M. Duveyrier que nous ne soyons plus loin à cette heure, que nous ne touchions au beau idéal même du progrès. Son plan grandiose, en effet, et neuf, supprimait la poste, les visites et toutes les courses d'affaires.

— Comment donc ? s'écria le banquier...

— Comment ? le voici : des renseignements, par exemple, vous étaient demandés sur la manière de voter d'un député (au temps où la reine Berthe filait), vous couriez sur-le-champ au journal de votre couleur faire insérer la ligne suivante, abrégée selon le procédé de *l'Illustration*.

« Monsieur un tel, vote parfait, amitié. »

S'il s'agissait d'une lettre de famille, on pouvait résumer ainsi, avec un très-grand bénéfice et une notable économie de temps, ses tendresses intimes :

« Parents... chers... fils... dév..., *ou bien* « épouse... adorée... touj... »

Il ne fallait d'ailleurs qu'apprendre la sténographie pour entretenir à peu de frais, grâce à ce moyen ingénieux, la plus volumineuse correspondance. Quant aux visites, il aurait suffi d'une ligne, et par la même voie on pouvait très-facilement convoquer à domicile fournisseurs et marchands. L'idée était superbe, et devait rapporter des millions, d'autant que pour éviter jusqu'à la peine de s'adresser à l'administration, l'inventeur faisait promener des voitures spéciales à toute heure, chargées de recueillir les annonces à grand renfort de fanfares. Par malheur, le public, encore un peu arriéré, ne comprit pas; les voitures rentrant toujours à vide, on liquida l'idée: l'inventeur en eut le profit.

— Et les actionnaires? demanda le capitaliste.

— L'honneur de l'avoir patronnée.

— En sorte, continua le frère Duval, que les choses restèrent sur l'ancien pied.

— Elles n'y étaient déjà plus. Un intermédiaire, appelé *courtier d'annonces*, existait avant la grande tentative anglo-saint-simonienne. C'est chez ce digne industriel que je vous conduis à présent; nous traversons les bureaux, sans lesquels d'ailleurs aucune affaire ne semble possible à Paris, et nous voilà dans le cabinet du courtier. On convient que le livre sera successivement annoncé dans une douzaine de journaux. La forme et la grandeur de l'annonce arrêtées, l'éditeur donne ses réclames.

— Voilà un mot..., interrompit M. Duval.

— Qui n'est pas généralement compris dans l'Ariége, n'est-ce pas?... Je vais vous le traduire : on entend par réclame l'éloge préliminaire du livre, fait par l'éditeur, et quatre-vingt-dix fois sur cent par l'auteur lui-même.

— Comment! par l'auteur? s'écria le jeune Duval en rougissant.

— Oui, c'est passé dans les mœurs littéraires du siècle, par application de cet ancien proverbe qu'on n'est jamais mieux servi que par soi-même.

Il est facile, du reste, de reconnaître les réclames d'auteur à leur exagération, celles de nos grands hommes surtout. Aussi, quand vous lirez : *La tête de M... est un monde, son génie un volcan d'où la pensée jaillit comme une lave ardente et se coule en bronze,* vous pouvez dire hardiment : ceci a été rédigé sur le bureau d'un maréchal de la littérature. Vous entendez bien que je ne nomme personne, sans quoi je serais tenté de citer la réponse faite à ce sujet par quelqu'un fort enclin à se thuriférer lui-même. « Le public, disait-il naïvement pour excuse, ne croit jamais que la moitié de ce qu'on lui affirme ; il est donc indispensable d'exagérer un peu pour rester dans la vérité. »

Que peut souhaiter de plus l'heureux auteur ? Ses vœux ne sont-ils pas comblés ? Hélas ! non. Dix mille exemplaires auraient-ils été enlevés le premier jour, comme le dira peut-être quelque réclame, ce bruit glorieux glisse sur son cœur, et pour lui ce livre si cher n'existe qu'à demi, tant qu'il n'a pas reçu le baptême de la critique. Grand sujet de tribulations, allez, que celui-là! Deux exemplaires furent religieusement déposés par les soins de l'auteur au bureau de chaque journal. Depuis ce jour, mémorable entre tous, l'infortuné se condamne à la lecture des innombrables feuilles dont le vent de la spéculation jonche Paris chaque matin. Il n'en déplie pas une sans que son cœur batte violemment, car il s'attend à y trouver le compte rendu louangeur ou tout au moins impartial de son ouvrage; mais les jours s'écoulent, les semaines font place aux semaines, et de son livre pas un mot. Le malheureux souffre des tourments d'amour-propre incroyables; il accuse et maudit dans ses colères tous les rédacteurs des journaux qui n'en peuvent mais.

— Vous avez pourtant dit, balbutia le jeune Duval, que chaque journal en avait reçu deux exemplaires.

— Sans doute; mais ce que les débutants ignorent, c'est qu'en vertu d'un marché passé d'avance, presque partout, à l'exception de quelques feuilles honorables (comme *les Dé-*

bats par exemple) ces exemplaires sont immédiatement *lavés*, c'est-à-dire vendus à moitié prix par l'administration du journal, si bien que l'écrivain naïf pourrait attendre toute sa vie l'article auquel personne ne songe.

Instruit un peu tard de l'état des choses, l'auteur avise alors aux moyens de faire parler de son œuvre. Il en est trois qu'on peut donner comme infaillibles : les protections, les dîners et les visites.

Quand une femme, qui n'a pas l'âge affectionné par M. de Balzac, lorsqu'un homme important et qui peut un jour être utile (car à Paris, Messieurs, tout service en sous-entend un autre), se mettent sérieusement en tête de protéger un livre, ils arrachent des articles à la paresse et à l'insouciance sceptique des journalistes.

Pour le second moyen, si puissant autrefois, il va peu à peu où sont allées, comme la feuille de rose de M. Arnault, les traditions du premier Empire. Il a perdu la moitié de son effet le jour où s'est retiré de ce monde le plus joyeux aventurier de la Bohème littéraire, Eugène Briffaut, pauvre victime de cette publicité quotidienne qui suce de ses lèvres de vampire et jusqu'à la dernière fibre le cerveau de ses esclaves. De toutes les douces choses de la vie, Briffaut n'aimait que la table, les vins et les primeurs; il était donc facile d'obtenir de lui un compte rendu, en prenant pour intermédiaires les Frères-Provençaux. Mais malheur! trois fois malheur à l'écrivain assez riche pour payer sa gloire! Dans ce cas l'indiscrétion gastronomique de Briffaut devenait effrayante. Je me souviendrai longtemps d'une de ces mémorables soirées! Un auteur député, plus avare que spirituel, mais aussi vaniteux que riche, avait été recommandé avec succès au journaliste gourmet; voulant acquitter les dettes de sa reconnaissance littéraire, il conçut l'idée fatale d'inviter ses principaux créanciers, nous étions deux, Briffaut et moi. Si l'amphitryon eût osé, je voyais bien aux regards d'amour qu'il jetait en passant sur les galeries latérales que sa politesse ne l'aurait pas ruiné; mais Briffaut ne l'entendait point ainsi. S'emparant amicalement de son bras pour lui ôter toute mauvaise tentation, il se mit à l'entraîner vers le haut du Palais-Royal. Quand nous passâmes devant le café Corazza, l'auteur frémit; mais, voyant Briffaut doubler le pas, une lueur d'espoir vint illuminer son visage. Bientôt son front parut radieux; Briffaut ne nous conduisait pas, en effet, il nous entraînait vers un restaurant à deux francs. Je me creusais la tête afin de comprendre cette énigme, mais elle ne tarda pas à m'être expliquée; c'était un ami que Briffaut avait entrevu de loin, et qu'il courait inviter. Un nuage passa sur les traits de l'auteur politique; il se résigna cependant, et allait s'arrêter devant le café de Londres, mais Briffaut l'entraîna. L'amphitryon crut que nous voulions dîner chez Véfour, et soupira; mais il se trompait encore, Briffaut nous conduisait aux Frères-Provençaux. Avant de monter, il invita derechef deux personnes qui entraient au Palais-Royal. L'amphitryon était pâle comme un mort; mais sa pâleur et ses alarmes frappèrent tout le monde lorsqu'il entendit mon confrère donner ses ordres aux garçons. Il avança une main timide vers la carte, Briffaut s'en était déjà emparé.

— Vous ne connaissez pas la maison; laissez-moi faire, disait-il, nous aurons un dîner de princes.

L'avare avait l'air si désespéré de son imprudence, qu'il aurait fait pitié à tout autre qu'à un gourmand ; mais sans s'inquiéter des grosses gouttes de sueur qui perlaient sur son front pâle, Briffaut écrivait lentement le menu dont le détail couvrit deux feuilles de papier.

— Nous ne mangerons jamais tout cela, ne put s'empêcher de s'écrier notre hôte d'une voix altérée.

— Allons donc, reprit Briffaut, ce n'est que le premier service.

J'aurais voulu être peintre en ce moment-là, bien qu'il me paraisse impossible de donner une idée des grimaces, des contractions nerveuses, des tristes impressions qui bouleversaient cette figure.

— Ce fut bien pis au second service; Briffaut tenait parole et nous traitait comme des princes. Le luxe qu'on déploya fut si éblouissant, que tous les convives durent féliciter le Mécène : « Il fait bien les choses, » dit-on unanimement. A cet aveu, si doux pour Briffaut, l'hôte restait sourd et les yeux fixés sur des pois verts (on était au commencement de février); il demandait avec instance à son voisin ce que pouvait coûter ce plat.

— Mais, quelque chose comme dix louis, répondit le voisin distrait.

— Dix louis, monsieur Briffaut! dix louis un seul plat!

Il fallut, pour ainsi dire, employer la force afin de le faire rasseoir : il voulait sortir, il se prétendait malade, et protestait par ses gémissements contre la gaieté générale. A partir du second service, notre gaieté devint de la folie, tandis que sa mauvaise humeur tournait à la rage, et ce contraste formait la scène la plus plaisante qu'on puisse imaginer. Jugez donc de son exaspération toujours croissante, en voyant arriver une superbe dinde truffée et les vins les plus rares, destinés à lui faire honneur! On fut obligé cette fois de retirer la clef de la porte, et je me suis bien étonné depuis qu'il n'ait pas sauté par la fenêtre; du reste, il y songea. Le dîner continua sur ce pied jusqu'à trois heures du matin. L'infortuné n'avait touché à rien, n'avait bu que de l'eau, et il était ivre, ivre de désespoir et de fureur. On lui remit la carte pour le calmer, il l'examina quelques secondes, comme il aurait lu son arrêt de mort, et, jetant sur la table un billet de banque tout froissé, s'enfuit, en laissant pour adieu à Briffaut un regard terrible!

Ce repas lui fut profitable, au surplus, car il le guérit radicalement de la fièvre d'écrire. Il en fit, à la vérité, une maladie, suivie d'une rechute qui faillit être mortelle par l'imprudence qu'on eut de lui montrer trop tôt une dizaine de lettres, dans lesquelles des amis de Briffaut lui offraient des articles.

— Le mieux est de s'en tenir aux visites dès lors, insinua M. Duval, qui voyait déjà son fils aux Provençaux.

— Ou d'écrire son livre en conscience, et

d'attendre tranquillement, sans le mendier chapeau bas, le jugement de la critique honorable, aujourd'hui d'ailleurs, à peu d'exceptions près, beaucoup plus forte qu'autrefois et plus juste.... pour ses amis. Chacun sait que l'ancienne était un peu trop égoïste, et ne cherchait surtout dans le compte rendu d'un ouvrage bon ou mauvais qu'à se grandir aux yeux du public en montant sans façon sur les épaules de l'auteur.

Le livre ainsi publié, annoncé, vendu, loué même, si vous voulez, par la critique, il ne reste plus qu'à parer convenablement les exemplaires destinés au public frivole qui n'achète qu'une fois l'an, aux grands jours des étrennes. On en porte donc deux ou trois cents exemplaires chez le relieur, qui a dû emprunter pour remplir son office : à vos carrières, à vous, actionnaire de mines, le marbre où il va battre le livre ; à vos fourneaux, maître de forges, le marteau de fer du poids de cinq kilogrammes dont il se sert ; aux droguistes de la rue des Lombards la gomme indispensable pour l'enduire ; au mégissier les peaux préparées pour le recouvrir; au batteur d'or les feuilles avec lesquelles il le dore sur tranche.

— Vous aviez raison, dit M. Duval convaincu; jamais, au grand jamais, je n'aurais cru que la mise au jour d'un ouvrage pût intéresser tout ce monde!

— Je n'ai pas fini.

— Quoi! sérieusement?

— A moins de laisser une démonstration incomplète.

— Mais que pouvez-vous ajouter? crièrent les six Ariégeois.

— Raisonnant toujours dans l'hypothèse où le livre obtient du succès, je dois vous le montrer contrefait en Belgique, et reversant sur l'industrie de nos charmants voisins une partie des avantages dont la nôtre lui est redevable.

— Soit! mais c'est tout.

— Tout? messieurs, dis-je en m'approchant de la cheminée où s'engouffrait par tourbillons le terrible vent des montagnes, tout! et l'illustration?

— C'est vrai, nous n'y songions pas.

A tort, certes; car l'illustration est aujourd'hui, grâce au progrès des arts, la deuxième roue du char littéraire. Elle m'a rappelé même souvent, pour faire une comparaison plus neuve, cette locomotive ardente qui emporte à toute vapeur dans l'espace un long train de wagons! Que de lourds volumes, que d'ouvrages déjà loin de nous l'illustration entraîne à sa suite sur les rails du succès! Vous allez la voir, toujours au point de vue industriel et d'utilité générale, appliquée à notre livre.

V

L'illustration. — Albert Durer, Vincent Lesueur et Thompson. — La gravure sur bois. — Où vont les forêts de buis. — Préparation du bois à graver. — Le dessinateur. — Le graveur. — Le *Gil Blas*, la *Bretagne*, *Rome ancienne et moderne*, le *Roman de Jaufre* et *Fiérabras*, illustrés — Gigoux et Lesage. — La gravure sur cuivre et sur acier. — Eau forte et taille-douce. — Travail du graveur. — Les volumes de 100,000 fr. — L'illustration et Gustave Doré.

Mon compagnon de voyage entrait en ce moment pour m'annoncer qu'il ne fallait pas songer au départ, à moins de vouloir rouler avec nos mules dans les ravins de l'Ariége. Mon parti fut bientôt pris, je lui montrai un fauteuil et l'engageai à compléter la démonstration de ma thèse, ce qu'il fit sur-le-champ en ces termes :

Pour illustrer un livre, on emploie aujourd'hui la gravure sur bois, la gravure à l'eau-forte et la gravure au burin sur cuivre et sur acier. Je commence par la première de ces trois branches de l'art d'Albert Durer.

Le grand artiste que je viens de nommer fut, dit-on, son véritable père, vers la fin du quinzième siècle. Secouant la tutelle du lourd Michel Wolgemuth de Nuremberg, quand Albert quitta sa patrie pour aller étudier à Venise, à Bologne et dans les Pays-Bas les chefs-d'œuvre des maîtres, il était déjà par vocation plutôt graveur que peintre. Le mariage acheva de faire pencher la balance. Par bonheur pour l'art, ce blond jeune homme avait épousé, après ses voyages, la plus méchante femme de Nuremberg. Elle le tourmenta avec tant de constance que, ne pouvant trouver la paix que dans le travail, il s'y réfugia du matin au soir.

La même cause développa, dit-on, le talent de Vincent Lesueur : seulement, plus mal partagé qu'Albert Durer, cet infortuné eut trois femmes, et faillit être condamné aux galères comme faussaire, à cause de la première; à la prison perpétuelle comme prévenu d'assassinat, à cause de la seconde, et à la potence comme complice de bigamie, à cause de la dernière.

Après Lesueur, le Suisse Joliet, l'Allemand Birsinck, Boutemont, et la dynastie vraiment remarquable des Papillon, la gravure sur bois se traîna obscurément jusqu'en 1815. Cette année terrible était favorable aux étrangers : le graveur Thompson profita des circonstances pour apporter sur les fourgons anglais la nouvelle manière. Elle différait de l'ancienne, en ce que le bois était gravé debout par des procédés tout à fait analogues à ceux de la gravure en taille douce; il ne s'agissait, en effet, que de s'appuyer sur la résistance des fibres longitudinales du bois, afin d'obtenir des traits fins et résistants.

— Je me retire, interrompit le propriétaire de forêts, qui redoutait évidemment une discussion scientifique.

— Gardez-vous-en bien, continua mon compagnon de voyage, car vous êtes le plus intéressé au sujet que je vais traiter. Ne possédez-vous pas une des belles forêts de l'Ariége?

— Sans doute.

— Cette forêt ne produit-elle pas surtout une forte partie de buis?

— Oui, que je vends pour les tourneurs du midi.

— Vous croyez cela; eh bien! votre buis est exclusivement destiné aux Trichon, aux Gérard, aux Janet-Lange, successeurs d'Andrew et de Brevière.

— Allons! mon oncle, s'écria joyeusement le futur auteur tout à fait rassuré, voilà que vous contribuez aussi à la fabrication de notre livre.

— Je veux bien qu'on me fasse maire, si j'y avais jamais songé; mais, voyons, que devient mon buis quand le marchand l'a descendu à dos de mulet de nos montagnes et livré au commerce?

— Le menuisier le coupe d'abord en morceaux dressés d'un seul côté et soigneusement polis à la surface. Cette surface plane est blanchie au moyen d'une légère couche de céruse, puis le libraire confie ce bois au dessinateur. Celui-ci, que nous supposons aussi habile que les maîtres du genre, Bertall, Doré, Gigoux, Philippoteaux, trace son dessin d'une main ferme; car s'il hésitait, s'il formait des traits timides ou tremblés, l'œil du graveur verrait mal et sa main n'exécuterait qu'à demi.

Le dessin, exécuté avec une facilité d'autant plus grande que le poli de la surface n'offre aucune résistance, passe dans les mains du graveur. L'artiste alors, dit un homme compétent dont je ne suis que l'humble écho, l'artiste, placé devant son établi, commence, armé du burin-losange, à cerner tous les contours extérieurs en creusant un sillon qui touche ces contours. Prenant ensuite une échoppe de la grosseur convenable pour les entre-tailles, il grave la teinte extérieure; l'outil, en creusant l'entre-taille, est arrêté par le sillon et ne peut entamer le contour.

Le graveur cerne également avec le burin-losange tous les contours intérieurs, de manière à isoler toutes les lignes en saillie. Cela fait, avec des échoppes plus larges il enlève tous les blancs entre les lignes tracées, en ayant soin de ne pas toucher aux lignes noires. Il obtient ainsi la gravure à l'encre au moyen d'un tampon; puis, appliquant dessus un morceau de papier de Chine et le frottant avec un brunissoir semblable à un couteau à papier, il en tire l'épreuve.

Pour savoir ce que devient un livre quand toutes les scènes principales en sont habilement saisies et que les personnages apparaissent pour ainsi dire en chair et en os aux yeux du lecteur, feuilletons les ouvrages illustrés que j'aperçois sur cette table : l'immortel *Gil Blas*, de Le Sage; la *Bretagne*, de Pitre-Chevalier; *Rome ancienne et moderne*, les *Aventures du chevalier Jaufre et de la belle Brunissende*, et le roman de *Fiérabras* de votre serviteur.

Gil Blas est, morale à part, le meilleur roman du dix-huitième siècle. Il fut à cette époque pour la France ce que *Don Quichotte* avait été pour l'Espagne; car, avant Le Sage, le roman n'existait pas sérieusement chez nous.

Eh bien! voyez comme le crayon de Gigoux traduit ce chef-d'œuvre.

Ce petit homme enflé de graisse, dont le nez épaté et barbouillé de tabac, le triple menton et la montagne abdominale, indiquent si éloquemment la douce vie, pourrait-il être un autre personnage que Gil Pérez d'Oviédo ?... A la vue de cet hidalgo long et sec, aux cheveux plats, à la moustache tourmentée, et de cette bonne señora qui n'est plus jeune, mais chez laquelle l'embonpoint a tout exagéré, est-il possible de ne pas s'écrier : Voilà le pauvre écuyer Blas de Santillane et sa digne épouse, mère de notre héros ?... Plus loin, en apercevant ce trabucaire à demi nu, qui mendie au bord de la route, avec son tromblon, tandis que la stupéfaction de l'écolier voyageur lutte avec l'effroi de la mule arrêtée court, ne vous retrouvez-vous pas dans cette vieille Espagne où rien n'est changé, où il n'y a que quelques mendiants de moins et quelques ministres de plus ?

A voir ce chapeau espagnol, si crânement jeté sur une tête d'archiduc, et ces cheveux d'aventurier flamand, roulant à flots sur la cuirasse, on prendrait le seigneur Rolando pour un Gonzalve de Cordoue plutôt que pour un capitaine de voleurs. Il est vrai qu'en Espagne on se ressemble de plus loin.

Que dites-vous de cette tête, horriblement grimée? de ce nez formidable qui va rejoindre un menton de sorcière? Vous nommez, en souriant, dame Léonarde, gardienne inflexible du souterrain. Ah! comme la jeunesse, en revanche, vit pure et fraîche dans Gil Blas et *dona Mencia!* Je m'arrête, car il faudrait tout citer. Et le corrégidor et ses alguazils, qui ne trouvent plus le héros coupable après l'avoir dépouillé. (L'air moqueur du lévrier de la loi ne semble-t-il pas dire à ce juge paterne : Maintenant que le voici nu, il doit être innocent!) Et le seigneur Corcuelo, si plein de révérences et de respects, au son argentin des ducats du novice; et le vieux licencié Sédillo, plongé dans son fauteuil, les jambes sur un carreau plein de duvet; et, comme opposition, la figure jaune et maigre du docteur Sangrado, désolé des échecs de son système, et non de la mort de tous ses malades; et le Biscayen bravache, esquisse digne de Jacques Callot; et la gravité espagnole de don Bernard, le patron mystérieux de Gil Blas; et la scène chez la comédienne Arsénie, où Le Sage a vengé trop amèrement peut-être les auteurs de son temps; où Gigoux, de son côté, après s'être souvenu, en faisant le portrait de Rosimiro, d'un acteur de nos jours, n'a cherché celui de Laure dans aucune de nos coulisses, car il serait impossible d'y trouver rien d'aussi parfait ni d'aussi gracieux, à moins de se rappeler les princesses de la scène dans leur printemps.

A la vérité, le talent du dessinateur s'est appuyé partout sur le talent des graveurs. Sans l'habileté de Godard, de Porret, de Brevière, le bois n'eût jamais reproduit avec leur finesse native ces délicieuses fantaisies, et les rayons d'un succès nouveau n'auraient pas brillé sur l'œuvre de Le Sage.

Tel est le rôle que joue dans l'histoire du

livre la gravure sur bois ; celui de la gravure sur cuivre et sur acier n'est pas moins important. Ici le graveur n'est plus un copiste servile, c'est un intelligent traducteur, comme l'ont prouvé une foule d'exemples : le *Christ aux Anges*, d'Édelinck ; les *Batailles d'Alexandre*, l'*Éducation d'Achille*, et tant d'autres. Telle est la magie du burin dans des mains habiles, qu'elle va jusqu'à lutter avec le prestige du coloris.

Il y a trois sortes de gravures en taille-douce : la gravure à l'eau-forte, la gravure au burin, et celle qui réunit le burin et l'eau-forte. Figurez-vous une minute que je vous conduis dans l'atelier de Marvy, le seul peut-être que nous puissions opposer victorieusement à l'Angleterre. Assis sur un tabouret à vis, sa table à graver placée devant une large fenêtre qui s'ouvre au nord, vous le voyez devant la planche de métal. Cette planche est fixée sur le pupitre au moyen d'un mécanisme très-simple, formé de coulisseaux et d'écrous à vis. Quand le châssis ou cadre en bois blanc sur lequel est tendu un papier de Chine est dressé de façon à briser convenablement le rayon lumineux ; quand les pointes et échoppes sont apprêtées et le miroir qui redressera le dessin mis en place, le graveur étend le vernis sur sa planche.

Ce vernis se compose généralement de cire vierge, d'asphalte ou bitume de Judée, de poix de Bourgogne et de poix de Suède. Toutes ces matières fondues ensemble et bien amalgamées, on les réduit en boules, qui, enveloppées ensuite de taffetas et mises sur la planche de métal chauffée préalablement, s'y étendent avec rapidité et la couvrent d'un enduit qu'on se hâte de teindre en noir. Le calque du dessin est appliqué sur cet enduit préservateur. L'artiste grave ensuite ; et, son œuvre achevée, il n'a plus qu'à entourer sa planche d'un rebord solide, afin de retenir l'acide destiné à saisir les traits gravés à la pointe et à les mordre assez profondément pour qu'ils reproduisent le dessin.

Vous allez voir l'effet que produit ce genre de gravure dans les livres les plus sérieux. Ouvrons ceux qui brillent, avec leur reliure vert et or, sur le premier rayon de l'étagère. Ce sont les ouvrages que je vous citais à l'instant : la *Bretagne* et *Rome ancienne et moderne*.

Du mérite de l'ouvrage de M. Pitre-Chevalier et de son succès national et qui dure encore, je ne dis rien, le public ne permettant pas, et vous êtes public à cette heure, qu'on parle en bien de ses amis.

Passons donc sur le livre et n'en regardons que l'habit. Vous commencez par saluer l'homme immortel que peignit Girodet et que Normand a si heureusement gravé. Incarnation noble et glorieuse du génie breton, Chateaubriand est là comme pour vous prendre par la main et vous introduire dans ce poétique pays des vieux rochers, des ajoncs, de Notre-Dame-des-Bois et des flots mélancoliques. Suivez ces sonneurs aux chapeaux à larges bords et ornés de rubans, aux longs cheveux, aux chausses bouffantes (*bragow-braz*), aux grands gilets bariolés, aux lourdes vestes dont une grossière broderie a décoré les bords. Mêlant au son du tambourin le bruit nasillard du *biniou*, ils se dirigent vers ce cabaret, couvert en chaume, à la porte duquel Penguilly attache deux chevaux, aussi placides que leurs maîtres. Sous les chênes qui ombragent la table extérieure, ils vont boire librement au grand air le cidre de l'année et deviser des nouvelles apportées de la ville par le tailleur. Ne vous sentez-vous pas déjà au plein cœur de la Bretagne, en jetant les yeux sur cette autre gravure de Jacques, toujours d'après Penguilly?... Deux hommes, les cheveux au vent, les flancs étroitement serrés par une ceinture de cuir, disputent le prix de la course devant une foule de spectateurs rangés en haie; dans le fond s'élèvent quelques chênes rabougris, à travers lesquels l'œil se perd sur les plaines nues de la pauvre Bretagne, tandis qu'au pied d'un arbre du premier plan, dépouillé par la foudre, des femmes et des enfants, groupés autour de deux vieillards, attendent, avec le calme national, l'issue de la lutte.

Traversez ensuite les ruines panachées d'arbrisseaux du monastère de Landevenek.

Jetez un coup d'œil sur ces belles et robustes paysannes de Saillé, près Guérande; sur cette gracieuse villageoise de Fouesnant, qui tient son enfant par la main, et qui porte le plus élégant costume de la Cornouaille; sur cet homme de Landivisiau, type admirable du Finistère, avec son immense sombrero, sa forêt de cheveux, son habit à grandes basques, son prodigieux *bragow-braz*, et cette romaine antique, où pend un écheveau de chanvre; admirez de loin les élégantes colonnettes de la cathédrale de Nantes, les deux pyramides noirâtres de celle de Quimper; ces détails si gracieux de Notre-Dame de Vitré, les deux fines tourelles, la flèche flanquée de clochetons de l'église de Kreisker et les bords de la Loire. Ne voyez-vous pas encore cette paysanne de Korlay, qui file à côté de son promis et nous fait signe, en tournant son rouet, de quitter les vieux monuments pour les scènes locales?... Voici, effectivement, les mœurs bretonnes, présentées sous leur aspect le plus original et le plus pittoresque.

Qu'importent un ciel bas et gris, ce pâle

soleil, ces déserts de bruyères? La Bretagne est un doux pays, où la joie fait rire et chanter comme ailleurs, quand il s'agit de fête. Regardez plutôt cette ravissante *korol* ou ronde, si vive, si dégagée, si animée, qu'on dirait qu'Alphonse Leleux a voulu constater l'influence magique du *biniou*, en laissant les danseurs en l'air! Et ce mariage que le *Bas-Valan*, porteur, comme le héros des vieux temps, de la branche de genêt, en guise de caducée, vient ménager en si grande cérémonie avec les parents de la *pennerez!*... Tout vous peint la Bretagne et la Vendée au naturel, et vous les met, pour ainsi dire, sous les yeux. Les édifices, en effet, les costumes, les paysages d'un pays ne se décrivent jamais que d'une manière insuffisante; il faut les voir sur place ou sur le papier; car, à tout prendre, le plus mauvais dessin vaut mieux que les descriptions de Byron. Puis, en lisant le récit d'événements vrais, on se sent toujours pris du désir de recomposer la physionomie des hommes autour desquels ils pivotèrent; si donc le peintre prévient ce désir ou le satisfait en ressuscitant ces grandes figures de l'histoire, dévorées depuis des siècles ou des années par la tombe, il rend un service réel au lecteur, et décide souvent le succès du livre.

Passons également, non sans regret de passer si vite, devant la *Normandie*, livre heureux de Jules Janin, ce maître des élégances françaises, *magister elegantiarum*; n'oublions ni le diable dans cette capitale, dont notre ami Bertall a illustré si glorieusement les pages, ni le Rabelais de G. Doré, ni le *Tableau de Paris* d'Edmond Texier, qui écrit un livre aussi spirituellement, et ce n'est pas peu dire, qu'une impression de voyage ou un article de journal.

Saluons enfin d'un adieu sympathique ces chefs-d'œuvre des aïeux que redora naguère le crayon brisé pour toujours des Johannot et des Grandville, et nos publications modernes, brodées avec tant de finesse, de malice et de goût par Gavarni et Cham, qui n'a pas laissé, comme on voit, l'esprit de son père dans l'arche.

— N'oubliez-vous personne? dit le jeune Duval en demandant mille pardons de sa témérité.

— Pas que je sache, mon ami!

— Et Nadar? le fameux Nadar!

— Il n'a illustré que les têtes de ses contemporains. C'est bien un livre si vous voulez, et fort curieux assurément, mais auquel il manque le texte. Si un Junius de nos jours, Chasles ou Villemot, consentait à le buriner, nul n'aurait un plus grand succès que le Callot de la rue Saint-Lazare, car il a trois diables au corps outre celui de la photographie.

Mais je reviens à mon propos.

Dans cette magnifique édition de *Rome ancienne et moderne* que vous avez là, l'illustration ne tient pas une grande place, puisque la tête et la fin des chapitres sont seules ornées de vignettes. Mais, en revanche, quel goût exquis a présidé au choix et à l'exécution de ces dessins!... Comme les attributs caractéristiques de la Rome des Césars et de celle des papes sont placés à propos et réveillent heureusement, par la vue d'un marbre, d'un meuble élégant, d'une médaille, d'une relique des Catacombes, le souvenir de l'époque dans laquelle le texte transporte les lecteurs! — Certes, ce n'est pas à moi de diminuer le mérite historique et littéraire du livre (si mérite il y a) ; mais sans ces ornements, d'un goût sobre et délicieux, sans ces gravures traitées avec soin et ces splendides vues de la ville éternelle, l'éditeur n'aurait peut-être pas obtenu cet immense succès qui se résume, à une époque où la plupart des livres ne coûtent que vingt sous, dans une vente de dix-huit mille exemplaires coûtant chacun vingt francs.

Il est vrai que si l'éditeur de *la Bretagne* n'avait pas hésité à jeter cent mille francs sur cette carte, Furne n'hésita pas davantage à exposer pareille somme sur la simple parole de l'auteur de *Rome ancienne et moderne*.

— Comment! interrompirent les six frères, chacun de ces livres a coûté cent mille francs?...

— Et peut-être un peu plus, Messieurs; mais alors les libraires ne s'effrayaient pas. Ils savaient qu'on doit semer pour recueillir, et que le bon grain littéraire rend cinquante pour cent.

C'est ce qui a été parfaitement compris par un de vos concitoyens, Jaccottet, qui fait en ce moment un révolution, à son profit bien entendu, dans l'art de publier des livres à bon marché pour tout le monde et même pour l'auteur. Sans cesser de lutter de fécondité et d'ardeur contre Michel Lévy, cet autre archange de la librairie à un franc ; notre adroit Provençal et son Pylade, le sage Bourdilliat, ont habilement et à point fait appel à l'illustration. Heureux comme nos millionnaires, ils sont tombés, bien par la faute de certain comité de l'instruction publique, sur deux chefs-d'œuvre ravissants, le roman de *Fiérabras* et celui de *Jaufre et de la belle Brunissende*. Ils ont chargé Doré d'en retracer les principales scènes, et le crayon fantastique de ce Callot moderne s'est surpassé en dessinant les paysages les plus étranges, les drames les plus poétiques et les plus délicieuses fantaisies qu'ait pu rêver le moyen âge. Aussi, grâce à cet auxiliaire, les deux plus belles fleurs du génie romanesque de nos aïeux se sont épanouies de nouveau au grand soleil de la publicité, non plus seulement en France, mais en Angleterre, en Italie, en Allemagne, en Amérique, et *Jaufre* et *Fiérabras* ont pris définitivement place dans les bibliothèques, l'un à côté de *Don Quichotte* et des *Mille et une Nuits*, et l'autre à côté du poëme de l'Arioste et de *la Jérusalem délivrée*.

— Je le croirais très-volontiers, dit l'excellent M. Duval, car les livres amusants qu'un enfant peut lire et une jeune fille, ne poussent pas dans les bruyères : mais revenons à nos moutons ; si je ne me trompe cette fois, l'histoire de notre livre est finie; je ne comprends pas effectivement ce qu'on peut ajouter encore. Nous l'avons vu écrire, imprimer, brocher, annoncer, louer, relier, illustrer...

— Eh bien! comme à toute période de grandeur succède une période de décadence, il s'agit en ce moment de le voir dans les mains du libraire de province, — du commis-voyageur, — du colporteur, — de l'étalagiste, — du libraire au rabais, — et enfin du bouquiniste.

VI

Le libraire de province. — Cumul de l'épicerie et de la littérature. — Rhétoré, de Montauban. — Inconvénient de l'esprit chez un libraire. — Anecdotes. — Napoléon et l'*Histoire du Quercy*. — L'assiette bleue. — Le fusil d'honneur. — Le commis-voyageur. — Un exploit de Gaudissart. — Comment M. Thiers promettait des milliers de places sans le savoir. — Le colporteur. — Son portrait. — Ses habitudes. — L'étalagiste. — Le bouquiniste et le bouquineur. — Histoire de Boulard et de ses neuf maisons-bibliothèques ; sa mort et son convoi. — Dernière étape. — Le livre chez l'épicier. — Comment les auteurs font fortune, et comment ils se ruinent. — La Californie littéraire. — Byron, Walter Scott, Chateaubriand, Thiers, Dumas, Scribe, Lamartine, etc. — Conclusion.

Vous connaissez le libraire de province : cette dernière profession est ordinairement, excepté dans les grandes villes, la moins sérieuse occupation de celui qui l'exerce. En Normandie, il vend d'abord de la toile et des merceries, puis des livres, comme objet de luxe. Liquoriste dans l'est, limonadier ou brasseur dans le nord, débitant de tabac dans le centre, et marchand d'images dans l'ouest, le libraire cumule assez souvent, dans le midi, en se livrant avec la même ardeur au commerce de la papeterie, de l'épicerie et des œuvres intellectuelles. Très-rares sont, je vous le jure, ceux qui font exception ; quand on en trouve, ils ont les cheveux blancs, et méritent, par leur constance, une mention honorable. Il en est pourtant; oui, je connais un de ces phénix, vieilli sous le harnais et qui mourra, comme le dernier sénateur, sur la chaise curule. Tout chez lui porte le cachet littéraire, tout, jusqu'au nom. Il s'appelle Rhétoré, et habite, pour son malheur, la plus délicieuse, mais la moins studieuse des villes, Montauban en Quercy. Entrez dans son magasin, dont le vitrage, tapissé d'affiches, est illustré de tous les noms contemporains, qui brillent là comme des vers luisants sur la prairie déserte, et vous êtes certain d'y rencontrer, rangés avec art, souillés de poussière, la plupart des chefs-d'œuvre de ce siècle, à côté desquels notre livre ira s'ensevelir; car c'est une lutte héroïque et sublime entre le courage du libraire et l'indifférence des lecteurs : l'un ne se lasse pas d'acheter, et les autres s'obstinent à ne rien lire. Il est vrai que le libraire dont je parle ne peut s'en prendre qu'à lui-même de son propre malheur; il a tant lu et tant vu depuis soixante ans, que sa mémoire est devenue une encyclopédie. Aussi qu'arrive-t-il? Quand, par miracle, il se présente un acheteur, mons Rhétoré est si ravi, il l'accueille avec une histoire tellement piquante, tellement bien contée, qu'après l'avoir ouïe, le client ne peut désirer mieux et n'a plus envie de lire. Je le sais par ma propre expérience. Entraîné un jour par le désœuvrement dans sa vieille librairie, j'allais lui acheter l'*Histoire du Consulat.* Le nom de Napoléon ayant naturellement ouvert l'entretien, mon homme s'écria :

— Voyez-vous ce livre, Monsieur ?

— L'*Histoire du Quercy*? parfaitement.

— Eh bien! l'Empereur me l'a marchandé.

— L'Empereur!

— Napoléon Ier lui-même.

— Comment! il est venu ici?

— Le 29 juillet 1808. Il était arrivé à Montauban avec l'Impératrice, à une heure du matin. Toutes les maisons étaient pavoisées de drapeaux, ornées de festons et de couronnes de verdure en l'honneur du héros, de l'invincible. On voyait dans toutes les rues son buste couronné de lauriers; son nom, son chiffre, ses victoires se trouvèrent tracés en caractères divers, et comme par magie, au fronton des édifices religieux et civils!... Ah! Monsieur, quelle nuit! Personne ne s'était couché, la ville entière était sur pied. Seul, j'étais là dans ce coin, époussetant un exemplaire de l'*Égyptiade*, poëme épique, composé par un condisciple d'Ingres, et dont je voulais faire hommage au grand homme, lorsque deux acheteurs se présentent tout à coup. Il n'y avait pas à s'y tromper, c'étaient deux étrangers: l'un, assez grand, portait une lévite bleue; l'autre, gros et court, une redingote grise.

—Avez-vous l'histoire de votre pays? me dit ce dernier brusquement... Je m'empressai de lui offrir les trois volumes que je viens de vous montrer.

— Voyons, murmura-t-il en se parlant à lui-même, si je trouverai là l'histoire de ce plat cassé !...

— Vous voulez parler de l'assiette bleue dans laquelle on a servi le consommé de ce matin à l'Empereur ? m'écriai-je involontairement.

— Savez-vous, demanda-t-il, ce que cela veut dire ?...

A ces mots jetés d'un ton bref, j'allais répondre avec détail, quand mes yeux se portèrent par hasard sur une paysanne arrêtée devant mon magasin, et qui regardait avec anxiété dans la direction de la Préfecture. Je ne fus pas fâché de montrer à l'étranger à quel degré d'intelligence en étaient arrivés les campagnards montalbanais ; et faisant signe à cette femme d'entrer :

— Racontez à Monsieur, lui dis-je, l'histoire de l'assiette bleue qu'on a portée à l'Empereur...

— Ce sera bientôt fait, répondit-elle. « Dans

« les autres temps, sur ces coteaux couverts « de vignes, que vous voyez là-bas, vivait « un brave homme appelé Signoret. Signo- « ret était le plus riche du Fau, et jamais « il ne fermait sa porte à personne : ha- « bits de drap et habits de toile étaient les « bien-venus chez lui. Un soir, il reçut la « visite d'un officier qui prétendait s'être « égaré à la chasse. Il lui fit quitter ses habits « mouillés, lui prêta son meilleur chapeau, sa « grande veste des dimanches, ses culottes « de tiretaine, ses gamaches de cuir, et lui « donna à souper et à coucher, comme lui « seul ou M. le curé auraient pu le faire. Le « lendemain, il le remit, après déjeuner, dans « sa route, et lui offrit même quelques écus « de Bordeaux ; car il voyait bien, aux trous « de ses habits, que son hôte n'en avait pas « les poches pleines. En partant, l'officier lui « serra la main, et lui conta qu'il avait un pa- « rent à Paris dont il serait un jour l'héri- « tier...

« — Aussi, lui dit-il en riant, si jamais tu « as quelque affaire, viens dans le palais du

« roi et demande Henri le chasseur, tu t'en
« retourneras content.

« — Signoret y alla, Monsieur, cinq ou « six ans plus tard. Il demanda l'officier; « mais jugez s'il eut peur en voyant que c'é« tait le roi de France! »

— Henri IV! dit l'acheteur de l'*Histoire du Quercy*.

— Oui, mon cher Monsieur, repris-je alors moi-même, — continua Rhétoré. Le paysan voulut être consul de Montauban, et il revint avec le chaperon rouge et noir sur l'épaule. Or, cette assiette bleue est celle...

— Dont le Béarnais s'est servi, acheva l'homme à la capote grise; tant mieux, j'aime ce bon roi.

— Plût à Dieu, s'écria la pauvre paysanne, qu'il vécût encore!

— Pourquoi cela? interrompit brusquement l'étranger.

— C'est, dis-je alors, que cette infortunée avait, dans l'armée d'Italie, un fils qu'elle a perdu...

— Un fils dans l'armée d'Italie! Son nom

et son grade? demanda l'acheteur à la paysanne.

— Jean Labruyère, sergent dans la 2e compagnie de grenadiers de la cinquième demi-brigade d'infanterie.

— Qui, à l'affaire du 29, devant Mantoue, poursuivit la capote grise, prit à lui seul une pièce de canon, qui franchit un des premiers les redoutes sur la gauche de Trente, et qui passa aussi un des premiers la Brenta, en faisant plusieurs prisonniers; je m'en souviens, c'était un brave et il reçut un fusil d'honneur.

— Le voilà, Monsieur!

— *Donné par le général Bonaparte*, c'est bien cela! Et votre fils est mort?...

— A Florence, de ses blessures. C'était mon unique soutien, car je suis veuve...

— Ne pleurez pas, bonne femme! reprit l'étranger; l'Empereur vous accorde une pension de trois cents francs. Vous entendez, Duroc, dit-il à son compagnon; qu'elle en touche une année d'avance!

— Alors seulement, acheva le vieux libraire, je sus que c'était Napoléon en personne qui avait marchandé mes volumes. Et marchandé est le mot! Il arrivait en effet à la Préfecture avant que je ne fusse revenu à moi, et il partit comme tous les autres — sans rien acheter.

Voilà le destin réservé le plus souvent au livre chez le libraire de province.

Un aussi triste résultat et la froideur croissante du public départemental décourageraient les gens les mieux trempés. Il n'y a qu'un homme capable de braver ces deux obstacles, c'est le commis-voyageur! Cuirassé d'amour-propre, de confiance en ses propres forces et de mépris pour la province en général, le commis-voyageur part avec son livre, certain qu'après avoir livré des combats terribles, il finira par triompher, et que le provincial restera sur le champ de bataille. Voulez-vous savoir comment il procède? Écoutez cette confidence d'un héros du genre, l'illustre Gaudissart, qui a pris pour secrétaire notre meilleur peintre de mœurs, Honoré de Balzac.

— A Blois, j'ai eu une querelle à table d'hôte, à propos des journaux et de mes opinions. J'étais à manger tranquillement à côté d'un monsieur en chapeau gris qui lisait les *Débats*. Je me dis en moi-même : il faut que j'essaye de mon éloquence. Et je me mets à l'ouvrage, en commençant par lui vanter son journal ; de fil en aiguille, je me mets à dominer mon homme en lâchant les phrases à quatre chevaux. Chacun m'écoutait, et je vis un homme qui avait du juillet dans les moustaches, prêt à mordre au *mouvement*. Mais je ne sais pas comment j'ai laissé mal à propos échapper le mot *ganache*. Bah ! voilà mon chapeau conservateur, mon chapeau gris, mauvais chapeau du reste, un lyon moitié soie, moitié coton, qui prend le mors aux dents et qui se fâche ! Moi je ressaisis mon grand air et je lui dis : Ah çà, Monsieur, vous êtes un singulier pistolet. Si vous n'êtes pas content, je vous rendrai raison. Je me suis battu en juillet.

— Quoique père de famille, me dit-il, je suis prêt à... — Vous êtes père de famille, mon cher Monsieur, lui répondis-je, auriez-vous des enfants? — Oui, Monsieur. — De onze ans? — A peu près. — Eh bien! Monsieur, le *Journal des Enfants* va paraître: six francs par an, un numéro par mois, rédigé par les sommités littéraires; un journal bien conditionné, formant collection; papier solide, gravures de nos meilleurs artistes, de véritables Jude, dont les couleurs ne passeront pas! Puis je lâche ma bordée. Voilà un père confondu! La querelle a fini par un abonnement! »

Tous les moyens sont bons aux émules de Gaudissart. Il en est qui poussent la ruse jusqu'à ses dernières limites: tels que le vétéran dont on me parlait ce matin, par exemple! Chargé du placement de l'*Histoire de la Révolution*, pendant que M. Thiers était président du conseil, il voyageait bravement au nom du ministre lui-même, mettant dans sa bouche une supplique des plus humbles et des plus pressantes, et s'engageant toujours en son nom à protéger tous les solliciteurs de places. Jugez s'il rencontra des acheteurs!

Du cabriolet de ce chargé d'affaires de l'industrie parisienne, le livre tombe ensuite dans la balle du colporteur. C'est encore une déchéance. Le voilà condamné à lever inutilement le marteau de fer des propriétaires ruraux, marteau moins dur que leur cœur aux productions intellectuelles. Il faut qu'il erre, feuilleté sans respect et marchandé avec mépris, de la boutique des villages aux ateliers de l'ouvrier et sous le toit de chaume des fermes. Qui l'achète? qui daigne lui sourire encore et l'accueillir avec amitié?... Ce médecin de campagne, ami du malheur et père des pauvres, qu'il délassera de sa rude vie dans les longues soirées d'hiver ; cet ouvrier intelligent dont l'esprit en friche, faute de culture, peut donner, si on l'ensemence, une bonne moisson ; cet ancien soldat, qui apprit à lire au régiment et ne souhaite rien tant que d'avoir des livres ; ce pauvre instituteur primaire, quand il a eu le courage et le temps d'épargner sur le nécessaire : voilà les clients du colporteur. Et malgré les rebuts et les peines dont il abonde, ce métier est exercé néanmoins avec une gaieté qui fait envie. Jeune, leste et vif ordinairement, le colporteur, qu'il vienne des prés en fleur de la Normandie ou des coteaux de la Gascogne, respire la santé, l'indépendance et l'insouciance aventureuse du bohême. Vous le rencontrez au printemps par les chemins, gazouillant ses refrains comme le pinson, ou abrité au pied d'un saule et attendant philosophiquement la fin de l'ondée matinale. Vous le trouverez à l'entrée de la nuit au milieu du hameau, offrant à l'admiration des paysans les portraits grossièrement enluminés de Napoléon et des douze Apôtres ; puis, dès qu'il s'est emparé de l'attention publique, étalant par terre les exemplaires souvent dépareillés de notre livre, vous l'entendez qui sollicite l'acheteur à travers les vitres du cabaret, et il ne vient ni à votre pensée ni à la sienne un souvenir reconnaissant pour l'auteur auquel cet enfant des chemins doit le travail et l'existence.

Cet oubli, involontaire toutefois, le colporteur étant franc et bon par nature, n'approche pas de l'ingratitude de l'étalagiste. Ce libraire marron saisit le livre quand le public en a pour ainsi dire oublié le titre, et lui inflige toute sorte d'outrages. Le moindre consiste dans ce mariage de Mézence qui unit les morts aux vivants. Pauvre livre! pauvre auteur! les voilà exposés au pilori de l'étalagiste, dans quelque passage ou sur les boulevards, à côté de *la Cuisinière bourgeoise*, des *Manuels Roret* et des réclames d'un dentiste. Si l'égalité est impossible dans une des choses de ce monde, c'est pourtant dans les œuvres de l'esprit! Confondre toutes les productions intellectuelles et les courber sous le même niveau, n'est-ce pas remonter à la barbarie?

Mais que dire du libraire au rabais? Le livre est tombé, après la faillite, dans les mains de celui-ci; malheur trop commun de nos jours, grâce à la concurrence des feuilletons quotidiens et à certains spéculateurs, qui vendent de la boue délayée dans l'encre, et tiennent boutique de bêtise et d'immoralité, afin de tuer, pour s'enrichir, l'honneur et le bon sens en France. Sur ces exemplaires, déshonorés par le marteau du commissaire-priseur, le libraire au rabais s'abat comme un oiseau de proie ; il les emporte dans son antre, et là, l'infortuné livre perd jusqu'à son nom ; il devient bouquin, et ne sort de ces greniers peuplés de rats, que pour aller subir, sur les quais, l'inclémence des saisons.

Alors il fait vivre le bouquiniste, croque-mort médaillé de la librairie.

De même que le goujon appartient, par droit de conquête, au pêcheur à la ligne, son confrère du bord de l'eau, de même le bouquineur est la pêche et la propriété du bouquiniste. A de très-rares exceptions près, ce dernier se rapproche, par l'intelligence, du poisson de la Seine.

Vous auriez peine à me croire si je vous contais quelques traits du célèbre Boulard, le roi des bouquineurs. Ancien tabellion, Boulard avait quitté le notariat pour s'abandonner librement à son innocente manie. Dès le point du jour (et, de peur d'être trompé, il avait pour pendule un coq), Boulard se précipitait dans les rues désertes, affublé d'une houppelande à huit poches, véritables abîmes. Ce qu'il entrait de bouquins là-dedans était effrayant. Pour regagner le logis, il fallait que Boulard prît un fiacre, encore le cocher voulait-il double course, et ne l'admettait-il dans sa voiture qu'en tremblant pour les ressorts. Boulard se débarrassait de son fardeau, repartait joyeux, et revenait heureux, bardé de pied en cap de livres. Il en emplit de la cave au grenier sa maison d'abord, puis sept autres, qu'il acheta successivement à cet effet. Ses héritiers et les bouquinistes se ruinaient en neuvaines, les uns demandant à tous les saints qu'ils daignassent donner un plus grand bonheur à Boulard, celui de la vie éternelle; les autres priant au contraire pour qu'il vécût plus de cent ans : les premiers furent exaucés. La veille du jour où il allait acheter sa neuvième maison, il gonfla si bien les poches de sa houppelande monstre, que pas un fiacre ne voulut se charger de lui. Plutôt que de se séparer pour un instant de ses bouquins chéris, il essaya de se traîner vers ses foyers, où il ne parvint que le soir, inondé de sueur. On voulut l'empêcher d'aller ranger lui-même les bouquins dans la cave de la dernière et seule maison où il restât un coin libre encore; mais il n'écouta personne, et gagna une fausse pleurésie qui l'emporta. Tous les bouquinistes prirent le deuil; on ne voyait à son convoi que des figures reliées en parchemin; et, le cortége, étant passé par hasard devant une maison où se faisait une vente de livres, s'arrêta spontanément, comme pour rendre un suprême hommage à la mémoire du plus zélé des bouquineurs.

Des étalages du quai et des noirs réduits de l'émule de Boulard, le bouquin tombe dans les balances de l'épicier en détail, puis enfin sous le crochet du chiffonnier. Ce dernier en réunit les premiers éléments et en ramasse les débris, sans se douter du chemin fait par ces feuilles avilies, qu'il pique avec tant de dédain, à la lueur de sa lanterne; c'est la dernière vicissitude de la destinée du livre...

— Eh bien! mon père? s'écria le jeune Duval, voyant que j'avais fini de parler.

— Ma foi, dit celui-ci en regardant ses frères, il me semble que la cause...

— Est entendue et jugée, déclara loyalement le maître de forges au nom des quatre autres. Nous avons perdu notre procès et nous le payerons; mais, personnellement, je conserve encore une crainte.

— Laquelle?

— J'ai peur, s'il faut vous le dire, que l'homme qui écrit un livre ne fasse la guerre à ses dépens. Sans disconvenir avec vous du rôle éminemment utile qu'il joue dans la société, et reconnaissant bien à présent qu'il occupe plus de bras avec ses écritures, et remue plus de capitaux qu'un agriculteur, un propriétaire de forêts, un actionnaire de mines, un homme d'argent, un banquier et un maître de forges, il me semble cependant que tout le monde gagne, excepté lui.

— De telle sorte, repris-je, que vous craignez cette profession comme improductive?

— Voilà le mot.

— Erreur, Messieurs, erreur vulgaire. Ni dans vos forêts, ni dans vos champs, ni dans votre banque, ni dans vos forges ou vos mines, vous ne trouverez la fortune aussi facilement qu'un écrivain illustre dans son cabinet. C'est peut-être la seule gloire qui mène la richesse à sa suite! Voyez plutôt Byron, Walter Scott, Chateaubriand, Hugo, Thiers, Dumas, Scribe, Lamartine, etc. La littérature a été pour ces hommes une Californie. En grattant le papier, ils découvraient l'or. Et si les fantaisies du voyage et du luxe, la vie désordonnée chez les uns; si la générosité du cœur, dit-on, chez les autres, n'en eût par malheur jeté cinq sur huit dans d'effrayantes prodigalités, leur gain littéraire se monterait à des millions!

— Je n'ai plus rien à objecter, dit le maître de forges.

— Ainsi, Monsieur Duval, demandai-je, vous allez permettre à votre fils de se vouer aux lettres?...

— Qu'il suive sa vocation! s'écria le père du néophyte, et ses oncles tiendront, comme moi, leur parole. Nous payerons largement son apprentissage.

— Lancez-vous donc dans la carrière, impétueux jeune homme, dis-je alors en m'adressant à mon jeune ami ; quant à moi, qui vous accompagne de mes vœux sincères, afin de conserver le souvenir de l'hospitalité de l'Ariége et de cette bonne soirée, je vais noter, avant de me coucher, tout notre bavardage, que je publierai quelque jour, en l'intitulant : HISTOIRE D'UN LIVRE.

FIN.

CHOIX

DE LIVRES

FORMANT LE COMPLÉMENT NÉCESSAIRE

AUX

BIBLIOTHÈQUES ECCLÉSIASTIQUES.

PARIS,

LIBRAIRIE DE FIRMIN DIDOT FRÈRES, FILS ET Cie,

IMPRIMEURS DE L'INSTITUT,

RUE JACOB, 56.

1857.

FIRMIN DIDOT FRÈRES, FILS ET CIE,

IMPRIMEURS DE L'INSTITUT DE FRANCE,

RUE JACOB, 56.

PARIS, LE 1er JUILLET 1857.

MONSIEUR,

Notre librairie a édité un grand nombre d'ouvrages généralement connus et estimés, qui, en raison de leur mérite littéraire et de la nature du sujet auquel ils ont rapport, doivent figurer en première ligne dans la bibliothèque de tout ecclésiastique ou dans celles des maisons religieuses.

Le prix un peu élevé de quelques-unes de nos grandes publications est peut-être la cause qui en limite la propagation, contrairement à ce que nous pourrions espérer; et c'est pour ce motif que, désireux de mettre la vente de nos livres accessible à toutes les fortunes, nous avons l'honneur de vous faire part de notre décision à ce sujet.

Un crédit prolongé nous a semblé devoir inévitablement obvier à cet inconvénient, aussi est-ce à ce moyen que nous nous sommes arrêtés, espérant atteindre de la sorte le but que nous nous sommes proposé, c'est-à-dire de donner une impulsion nouvelle à nos rapports avec les maisons ecclésiastiques, les communautés religieuses, les séminaires, les couvents, MM. les curés des villes et des campagnes, et surtout les bibliothèques paroissiales qui, grâce au zèle et au dévouement des personnes qui les ont fondées ou qui les administrent, ont acquis depuis quelque temps une extension si remarquable et si utile.

Nous espérons, Monsieur, que vous approuverez nos efforts,

et que, par votre adhésion spontanée à ce nouveau mode d'acquisition, vous voudrez bien coopérer d'une manière toute particulière à faire connaitre et à répandre nos livres les plus intéressants. Le catalogue ci-joint vous en donne la liste.

Voici les arrangements amiables que nous vous proposons :

Les ouvrages dont vous voudrez faire choix dans le catalogue que nous avons l'honneur de vous adresser vous seraient livrés immédiatement. Pour l'extinction de cette dette que nous désirons vous voir contracter envers nous, en vous inscrivant parmi nos clients, nous formerions sur vous, un mois après l'expédition des ouvrages, une traite de 25 fr.; d'autres traites, dont vous fixerez vous-même le chiffre (au minimum de 25 fr.), seraient tirées ensuite de trois mois en trois mois, jusqu'à concurrence de la somme déterminée, soit par an, cent francs au moins, et plus si vous désirez.

Afin de vous éviter des détails compliqués dans les relations que nous voulons établir avec vous, détails qui, nous le savons, ne sont pas en rapport avec les fonctions de votre ministère, il vous suffirait de préciser l'époque à laquelle il vous conviendrait d'acquitter nos traites à leur échéance; nous nous y conformerons. L'engagement signé par vous sur le bulletin ci-joint est une simple formule qui régularise notre convention, et en constitue l'authenticité.

Les frais d'emballage seront entièrement supportés par nous ; eux de transport devront être à la charge du destinataire. Les moyens de communication aujourd'hui si nombreux et si faciles rendent ce déboursé presque nul.

Nous terminons en vous assurant de nouveau, Monsieur, de notre désir d'établir avec vous des relations que nous nous efforcerons toujours de rendre aussi agréables que possible.

Veuillez recevoir l'assurance de notre respectueuse considération.

FIRMIN DIDOT FRÈRES, FILS ET Cie.

HISTOIRE UNIVERSELLE,

PAR CANTU,

SOIGNEUSEMENT REMANIÉE PAR L'AUTEUR,

ET TRADUITE SOUS SES YEUX

PAR M. EUG. AROUX,

ANCIEN DÉPUTÉ,

ET PIERSILVESTRO LÉOPARDI.

Deuxième édition française.

19 vol. in-8° brochés, 114 fr.

Reliés en demi-basane de couleur, 142 fr. 50 c.

L'Histoire universelle de M. Cantu a surtout le mérite d'avoir été conçue sur un plan tout à fait nouveau. Au lieu de passer en revue les différents peuples l'un après l'autre, système qui entraîne nécessairement des redites perpétuelles, il fait marcher d'un seul pas le genre humain tout entier, et met sous nos yeux l'ensemble de ses vicissitudes et de ses progrès. Il ne se borne pas aux guerres et aux révolutions, qui, par elles-mêmes, ne sont que des manifestations incomplètes de ce que les nations renferment dans leur sein d'énergie ou de faiblesse, de bonheur ou de misère ; il pénètre dans la vie intérieure de chacune d'elles ; il en étudie les mœurs, la législation, la littérature, les croyances, les opinions ; et il nous montre derrière les rois et les héros la foule inaperçue qui travaille, souffre et espère.

Aussi cet ouvrage ne saurait-il être considéré comme une simple recherche et une aride exposition des faits, où l'homme et la société sont envisagés seulement sous le rapport des intérêts matériels ; c'est surtout aux idées que M. Cantu s'attache, et il nous fait connaître comment, par des voies diverses, elles tendent sans cesse vers un but placé bien au-dessus de la vie d'un individu ou des vicissitudes d'un peuple. Ainsi, c'est vraiment l'histoire de l'humanité qu'il retrace ; et, profitant des découvertes les plus récentes, il nous fait assister au magnifique spectacle des progrès continuels de l'intelligence humaine et des conquêtes successives de l'esprit sur la matière, soit dans les arts, soit dans les sciences, soit dans les mœurs, soit enfin dans la liberté.

Ennemi de ces pâles généralités dont on a tant abusé dans l'histoire, c'est toujours par le relief des détails qu'il anime les portraits historiques; et, en écartant les systèmes ténébreux qui cachent trop souvent sous des formes prétentieuses l'inanité du fond, il ne vise pas à captiver l'attention du lecteur par des paradoxes, mais il interroge les faits, qu'il appelle le *langage de Dieu*.

Ce beau travail, publié d'abord en italien, est divisé en dix-huit livres, dont chacun comprend une grande époque ou période de l'histoire; il a obtenu en Italie un succès sans exemple; on en fait actuellement la septième édition. C'était un gage de l'accueil favorable qu'il a obtenu en France, où les études historiques ont pris un si grand essor, et où, plus qu'ailleurs, les esprits s'occupent des intérêts de l'humanité entière.

L'auteur, pendant son séjour à Paris, a repris en sous-œuvre son travail, soit pour l'enrichir des découvertes historiques toutes récentes, soit pour lui donner une allure plus conforme au génie français.

Ce n'est donc pas une traduction ordinaire que nous offrons à la France, mais un livre qui, ayant conservé toute son originalité, a déjà l'avantage d'un succès assuré.

Plusieurs des principaux journaux de Paris ont fait l'éloge de cet important ouvrage à l'apparition de chaque volume. Il suffira de citer entre autres les opinions de M. de Montalembert (*Univers Catholique*), celle de M. le grand-vicaire de Toulouse, insérée dans la *Bibliothèque Catholique*, les articles du *Moniteur Universel*, ceux de l'*Univers*, etc., etc. Ces éloges sont d'autant moins suspects de partialité qu'ils émanent d'hommes le plus haut placés par leur science et leurs principes religieux.

Cette Histoire Universelle, dont le succès est véritablement européen, a sa place dans les bibliothèques particulières comme dans les bibliothèques publiques : déjà la plupart des séminaires et des établissements ecclésiastiques l'ont adoptée sur la recommandation des évêques.

Chacun des dix-neuf volumes de cette histoire, si complète et si détaillée, indépendamment des notes et des citations des autorités consultées, contient encore un grand nombre de documents et de pièces à l'appui placés à la fin ; de plus, des indications en marge des pages ont l'avantage de faciliter singulièrement les recherches; enfin rien n'a été épargné pour que le lecteur trouvât dans cet ouvrage les secours de l'érudition, une instruction solide et une lecture agréable.

C'est une véritable bibliothèque historique.

Nous avons pensé que rien n'était plus propre à donner une idée complète de ce vaste ensemble que la *Table des principales matières* renfermées dans ces dix-neuf volumes ; nous *l'enverrons* FRANCO *aux personnes qui nous en feront la demande.*

SPICILEGIUM SOLESMENSE,

COMPLECTENS

SANCTORUM PATRUM

AUCTORUMQUE ECCLESIASTICORUM

ANECDOTA HACTENUS OPERA,

SELECTA E GRÆCIS, ORIENTALIBUSQUE ET LATINIS CODICIBUS,

PUBLICI JURIS FACTA,

CURANTE DOMNO J. B. PITRA,

O. S. B. MONACHO, E CONGREGATIONE GALLICA,

NONNULLIS EX ABBATIA SOLESMENSI OPEM CONFERENTIBUS.

Tome IV, grand in-8°. 15 fr. — Relié demi-veau, 18 fr.

Cet important ouvrage, dû entièrement aux travaux éclairés des bénédictins de l'abbaye de Solesmes, et comprenant plus de cent cinquante auteurs en partie ou totalement inédits, sera divisé en deux éries de cinq volumes chaque. Le premier volume contient par ordre chronologique les écrivains du deuxième au quatrième siècle. Prix du volume, 15 fr.

Des prolégomènes renfermeront une notice historique et littéraire sur chaque auteur. Le texte sera collationné sur les meilleurs manuscrits, enrichi de variantes et éclairci par des notes indispensables. Quelques dissertations seront ménagées pour exposer les questions les plus graves. (*Toute la publication sera latine, et les textes grecs ou orientaux traduits en regard.*)

VETUS TESTAMENTUM GRÆCUM

JUXTA SEPTUAGINTA INTERPRETES,

EX AUCTORITATE

SIXTI QUINTI PONTIFICIS MAXIMI

EDITUM

JUXTA EXEMPLAR ORIGINALE VATICANUM.

Nunc denuo recognitum, accuratissime expressum, ad normam Vulgatæ versiculis distinctum,

CUM LATINA TRANSLATIONE,

Animadversionibus et complementis ex aliis manuscriptis, Cura et studio

J. N. JAGE,

ECCLESIÆ NANCEIENSIS CANONICI HONORARII.

(**Dédié à Mgr l'Archevêque de Paris.**)

2 vol. grand in-8°. Broché, 30 fr.

Le même, **GREC SEUL**. 1 vol. gr. in-8°, br., 15 fr.

NOVUM TESTAMENTUM

GRÆCE ET LATINE.

In antiquis testibus textum versionis Vulgatæ latinæ indagavit lectionesque variantes Stephani et Griesbachii notavit V. S. venerabili Jager in concilium adhibito CONSTANTINUS TISCHENDORF.

(**Dédié à Mgr l'Archevêque de Paris.**)

1 vol. gr. in-8°. Br., 12 fr.

HISTOIRE DE L'ÉGLISE DE FRANCE PENDANT LA RÉVOLUTION,

PAR M. L'ABBÉ JAGER.

3 volumes in-8°. Prix, broché. . . . . . . 18 fr.
Relié en demi-basane de couleur. . . 22 fr. 50 c.

Pour faire comprendre l'importance de cet ouvrage tout nouveau, il suffit de citer le commencement de la préface de l'auteur.

« L'Église de France successivement dépouillée ; ses pasteurs livrés à la haine et à la calomnie, proscrits, persécutés, saisis, égorges ou chassés de leurs foyers et de leur patrie ; le christianisme détruit, ses autels renversés, ses temples dévastes, profanés, vendus à l'encan, en partie démolis ; la propriété attaquée, envahie, confisquée ; les liens sociaux dissous, les mœurs perverties ; l'erreur, l'imposture, le vol, le brigandage et la rébellion mis en honneur ; la royaute abolie, l'autorité abaissée et méprisée, une horrible tyrannie substituée a l'autorité du plus paternel des rois : tel est l'objet de ce livre, dont une grande partie, malgré tant d'ouvrages publiés, est encore inconnue. »

L'ABBÉ MAYNARD.

LES PROVINCIALES, OU LES LETTRES ÉCRITES

PAR LOUIS DE MONTALTE A UN PROVINCIAL DE SES AMIS ET AUX RÉVÉRENDS PÈRES JÉSUITES ;

Publiées sur la dernière édition revue par Pascal, avec les variantes des éditions précédentes et leur *Réfutation*, consistant en introductions, et nombreuses notes historiques, littéraires, philosophiques et théologiques; par M. l'abbé MAYNARD, chanoine honoraire de Poitiers ;

Ouvrage dédié à Mgr. de VEZINS, évêque d'Agen,

2 vol. in-8°. Br., 12 fr. Rel. en demi-basane de couleur, 15 fr.

« Cette nouvelle édition des *Provinciales* est la seule authentique, la seule intelligible, la « seule. par conséquent dans laquelle on doive étudier désormais le procès que Montalte « intente aux jésuites. Le livre finit par une suite de notices sur les auteurs jésuites cités « dans les *Provinciales*. C'est une rehabilitation de ces noms si indignement flétris: une « dernière réponse à la calomnie. » (DE SAUCIÉ, *Bibliographie catholique*, avril 1852.

BIBLIOTHÈQUE FRANÇAISE.

GRAND IN-8°, A DEUX COLONNES, PAPIER VÉLIN.

Ces belles éditions complètes ont résolu le double problème d'être à la fois éditions de luxe et les plus économiques et les plus utiles qu'on ait jamais publiées; revues sur les textes originaux, elles sont accompagnées de notes et de commentaires de nos plus célèbres littérateurs.

Chacun de nos volumes contient la matière de 6 à 8 volumes des éditions précédentes.

Les OEuvres complètes de Bourdaloue et celles de Massillon, qui ormaient chacune 20 volumes dans les éditions ordinaires, en tout 40 volumes, ne forment, pour ces deux OEuvres complètes, que 5 volumes dans notre collection.

ORATEURS CHRÉTIENS.

FÉNELON, ŒUVRES, précédées d'une nouvelle Vie de Fénelon, par M. Aimé-Martin, et augmentées des Maximes des Saints, qui ne se trouvent encore dans aucune édition. 3 vol. ornés du portrait de Fénelon. Brochés, 30 fr. Reliés demi-veau, 38 fr. 25 c.

Ces trois volumes contiennent la matière de 20 volumes in-8° des éditions ordinaires de Fénelon, et renferment tous ses ouvrages littéraires, politiques, historiques et purement religieux, et tous ses écrits relatifs à l'éducation.

La Vie de Fénelon est rédigée d'après, 1° la correspondance de Fénelon; 2° la nouvelle Histoire de Fénelon, par le marquis de Fénelon; 3° celle de Ramsay; 4° l'ouvrage de Gallet, inconnu à M. de Beausset; 5° les Histoires de Fénelon par le P. Querbeuf et M. de Beausset.

MASSILLON, ŒUVRES COMPLÈTES. Paris, 2 vol. de 750 pages chacun, ornés du portrait de Massillon. Brochés, 20 fr. Reliure en demi-veau, 25 fr. 50 c.

Cette édition offre la reproduction fidèle des OEuvres complètes de Massillon, publiées en 1745 sur les manuscrits de l'auteur, et par les soins de son neveu. La ponctuation a été religieusement conservée, car elle est un véritable modèle pour les ouvrages destinés à être prononcés soit à la Chaire, soit à l'Académie ou au Barreau.

BOURDALOUE, ŒUVRES COMPLÈTES, revues et collationnées sur l'édition de 1707 du P. Bretonneau. 3 vol. Brochés, 30 fr. Reliure en demi-veau, 38 fr. 25 c.

Cette édition est précédée de la Préface sur la Vie de Bourdaloue, par le P. Bretonneau, de la Lettre du P. Martineau et de celle de M. de Lamoignon.

BOSSUET, ŒUVRES. 4 vol. in-8, ornés du portrait de Bossuet. Brochés, 40 fr. Reliure en demi-veau, 51 fr.

Contenant le Traité de la Connaissance de Dieu et de soi-même. — Traité du Libre arbitre. — Discours sur l'histoire universelle. — Politique tirée de l'Écriture sainte. — Défense de la tradition et des saints Pères. — Oraisons funèbres. — Sermons *complets*. — Panégyriques *complets*. — Méditations sur l'Évangile. — Histoire des variations des Églises protestantes. — Élévations sur les Mystères. — Instruction sur les promesses de l'Église. — Pensées morales et chrétiennes. — De l'Instruction de Monseigneur le Dauphin, etc., etc.; précédées des Éloges de Bossuet par M. Saint-Marc Girardin et M. Patin.

Cette édition est infiniment plus complète que l'édition publiée par Delestre-Boulage en 21 vol. in-8°. Les Sermons et Panégyriques, qui n'avaient été donnés qu'en extraits, sont publiés intégralement dans notre édition, qui contient les œuvres françaises de Bossuet. Cette édition renferme donc en 4 volumes la valeur de 23 à 24 volumes des éditions in-8° ordinaires.

Paris. — Typographie de Firmin Didot frères, rue Jacob, 56.

Paris. — Typographie de Firmin Didot frères, fils et Cie, rue Jacob, 56.

www.ingramcontent.com/pod-product-compliance
Ingram Content Group UK Ltd.
Pitfield, Milton Keynes, MK11 3LW, UK
UKHW031908260826
14628UKWH00003B/1055

9 782329 450070